KB092621

우리는 가족일까

푸른도서관 71

우리는 가족일까

초판 1쇄/2015년 3월 30일
초판 4쇄/2020년 6월 25일

지은이/ 유니게
펴낸이/ 신형건
펴낸곳/ (주)푸른책들
등록/ 제321-2008-00155호
주소/ 서울특별시 서초구 양재천로7길 16 푸르니빌딩 (우)06754
전화/ 02-581-0334~5 팩스/ 02-582-0648
이메일/ prooni@prooni.com 홈페이지/ www.prooni.com
인스타그램/ @proonibook 블로그/ blog.naver.com/proonibook

글 ⓒ 유니게, 2015

ISBN 978-89-5798-490-1 03810

이 도서의 국립중앙도서관 출판시도서목록(CIP)은 서지정보유통지원시스템 홈페이지(http://seoji.nl.go.kr)와
국가자료공동목록시스템(http://www.nl.go.kr/kolisnet)에서 이용하실 수 있습니다.
(CIP제어번호: CIP2015003021)

우리는 가족일까

유니게 지음

푸른책들

| 차례 |

1. 낯선, 아주 낯선 동생이 왔다

동생이 왔다. 미국에서.

5년 만에 집으로 돌아온 것이다. 우리가 헤어졌을 때, 동생은 일곱 살, 나는 열두 살이었다. 그때 이후로 한 번도 만나지 못했다. 동생은 그 당시의 내 나이가 되어 나타났다.

5년 전, 아빠가 3년 동안의 미국지사 생활을 끝내고 귀국할 때 엄마는 돌아오지 않았다. 아빠와 엄마는 헤어졌다. 길고 질겼던 전쟁을 끝낸 것이다. 엄마와 아빠는 전리품처럼 나와 동생을 하나씩 나눠 가졌다. 엄마가 먼저 선수를 쳤다. 엄마가 선택한 것은 동생이었다. 아빠는 별말 없이 나를 받아들였다.

동생은 키가 20센티미터쯤 커져 있었다. 뭘 그렇게 잘 먹었는지 살도 뒤룩뒤룩 쪘다. 몸무게는 40킬로그램쯤 늘어난 것 같았다. 비쩍 마르고 호리호리했던 예전의 모습은 찾아볼 수 없었다.

참 비호감스럽게도 변했군.

나는 이모 손에 이끌려 온 동생을 그저 바라보기만 했다.

—애들이 왜 멀뚱히 보고만 있어? 인사 안 할 거야?

이모가 퉁명스럽게 말했다. 미국에서 사는 이모를 만난 것도 다섯 손가락으로 꼽을 만큼 드문 일이었다. 이모가 낯설게 느껴지지 않은 적은 한 번도 없었다.

—하이, 누나.

동생이 먼저 입을 열었다. 나는 대답 대신 고개를 끄덕였다. 동생은 생긋 웃기까지 했다. 나는 웃지 않았다. 너무 변해 버린 동생이 어색하게 느껴졌다. 정말 내 동생이 맞는지 의심스러울 정도였다.

—아빠는 언제 오시니?

집 안을 둘러보며 이모가 물었다. 나는 그날따라 어수선한 집구석이 창피했다. 소파에는 함부로 벗어 놓은 옷가지가 널브러져 있었다. 그중에는 아빠의 팬티도 있었다.

—몰라요. 그때그때 달라요.

쿠션으로 아빠의 팬티를 덮으며 나는 건성으로 대답했다. 사실 맞는 말이기도 했다. 아빠는 늘 제멋대로니까.

—애 짐은 어디다 놓을까?

커다란 트렁크를 가리키며 이모가 물었다.

—여기 있으려고요?

—그럼, 애가 어딜 가니? 제 아빠하고 있어야지.

이모가 눈을 흘겼다. 흰자가 도드라지니 사나워 보였다. 이모는 현관 옆 작은 방 앞에 트렁크를 세워 두고 소파에 털썩 주저앉았다. 동생이 잰걸음으로 다가가더니 다소곳이 이모 옆에 앉았다.

　－이리 좀 와 봐라.

　－저요?

　－그럼 누구겠니?

　이모는 다시 눈을 흘겼다. 뾰족한 코와 뾰족한 턱, 신경질적인 눈빛, 그러고 보니 쌈닭을 닮았다. 나는 머뭇거리다 소파 옆 마룻바닥에 앉았다. 그들로부터 1미터쯤 떨어진 곳이었다.

　－네 엄마가 지난달에 죽었다.

　이모가 불쑥 이상한 얘기를 꺼냈다.

　－뒤늦게 연락을 받아서 나도 임종을 보지 못했다.

　이모의 목소리가 흔들렸다. 이모는 핸드백을 뒤지더니 꼬깃꼬깃한 손수건을 꺼내 눈물을 닦았다. 동생은 고개를 숙인 채 제 발가락만 보고 있었다. 오른쪽 양말 엄지발가락 부분이 얄팍해진 게 구멍이 나기 일보 직전이었다.

　처음에 나는 이명을 들은 것 같았다. 웅웅웅웅. 무언가 소리가 났는데 그게 무슨 의미인지 다가오지 않았다. 웅웅웅웅. 나는 한참을 멍하니 허공을 바라보았다. 누군가 내 얼굴을 사진으로 찍었다면 굉장히 멍청해 보였을 것이다.

　창문으로 하얗게 햇살이 들어오고 있었다. 한층 농밀해진 가을 햇살이었다. 햇살 속에서 먼지들이 떠다녔다. 도우미 아줌마가 청소를 엉터리로 한 모양이었다. 돈은 꼬박꼬박 챙겨가면서 일은 대충하다니……. 도우미 아줌마를 바꾸자고 할까? 새 사람을 구하기 귀찮아하는 아빠가 내 말을 들을 리 없다. 그

걸 믿고 엉터리로 일하는지도 모른다. 괜씸한 아줌마…….

나는 온갖 잡념들을 마구 끌어모았다. 그러나 곧 바닥이 나고 말았다. 더는 아무 생각도 떠오르지 않았다.

딴청 피우지마. 너 이미 다 들었잖아. 왜 못 들은 척해?

누군가 내게 그렇게 말하는 것 같았다. 아주 잔인하고 못돼먹은 누군가가. 그리곤 머릿속이 하얗게 텅 비어 버렸다. 갑자기 쿵, 가슴속으로 거인의 발자국 소리가 들렸다. 거인이 내 가슴 위로 한 발을 내딛고는 그 거대한 구둣발로 가슴을 마구 짓이겼다. 아팠다. 숨통을 조이는 것 같았다.

흡. 간신히 숨을 들이마셨지만, 결국 패배했다. 수많은 질문들이 하얗게 질려 버린 머릿속을 공격하기 시작했다. 정말일까? 엄마가 죽었다는 말이 정말일까? 정말 그런 일이 일어날 수도 있는 걸까? 어떻게 엄마를 다시 못 만날 수 있지? 어떻게 엄마는 나를 보지 않고 이 세상을 떠나 버릴 수 있지? 저 이모라는 이상한 여자가 농담을 하고 있는 것은 아닐까?

하지만 아무것도 묻지 못했다. 이모의 퉁퉁 부은 시뻘건 눈이 거짓말도 농담도 아니라는 것을 말해 주고 있었다. 게다가 대답을 해야 할 당사자인 엄마는 이 자리에 있지도 않았다. 아니, 앞으로도 내 앞에 나타나지 않을 모양이다.

뭐, 이런 거지 같은 경우가 다 있지?

가슴속에서 울컥 넘어오려는 무언가를 나는 꾹꾹 눌러 버리느라 안간힘을 썼다. 얼굴이 벌겋게 달아오르고 가슴이 답답해져 왔다.

─아빠도 아세요?

나는 간신히 목소리를 짜냈다.

—아셔.

이모가 힘없이 고개를 끄덕였다.

—얘가 오는 것도요?

—그래.

나는 동생을 힐끗 보았다. 신기하게도 동생은 울고 있지 않았다. 마치 엄마가 죽은 게 아주 오래된 일이라는 듯, 동생의 얼굴에는 아무 표정도 없었다. 나는 울지 않는 동생이 괴물같이 느껴졌다.

—나는 이제 일어나 봐야 해.

이모가 그때까지 쥐고 있던 동생의 손을 놓으며 말했다.

—아빠하고는 전화로 얘기가 다 된 일이야.

아빠가 오기 전에 자리를 뜨고 싶었던지 이모는 도망치는 사람처럼 서둘러 일어섰다. 너무 허둥대다 거실에 널브러져 있던 리모컨을 밟아 버렸다. 한순간 TV가 팡 켜지는 해프닝이 일어났다. 잠깐이었지만 걸그룹의 댄스곡이 거실을 방방 울렸다. 그 순간을 놓치지 않고 TV화면으로 빨려 들어가던 동생의 시선을 나는 분명히 목격했다. 머저리 같은 놈.

나는 이모를 배웅하지 않았다. 동생도 소파에 앉은 채로 계속 발가락만 꼼틀거리고 있었다. 저러다 기어코 구멍을 내고 말겠지.

쾅, 현관문이 닫히면서 집 안에는 동생과 나만 남겨졌다. 동생은 나를 멀뚱히 바라보고 있었다. 내가 무슨 말이든 해 주길 기다리는 모양이었다. 나는 동생을 남겨 둔 채 내 방으로 들어가 문을 잠갔다.

딸깍, 방문이 잠기는 소리가 나와 바깥 세계를 차단시켰다. MP3를 스피커에 연결했다. 마룬 파이브의 맵스(Maps)가 흘러나왔다. 볼륨을 높이고 또 높였다. 마룬 파이브의 목소리가 방 안을 가득 채웠다. 나는 비로소 안전하다는 느낌이 들었다.

그러자 눈물이 쏟아졌다. 가슴 깊은 곳에서 꺼억꺼억 소리가 올라올 때까지 울었다. 그래도 내 가슴을 짓밟고 있는 거인은 떠나가지 않았다. 거인은 계속해서 내 가슴을 쿵쿵 밟아 댔다. 머리가 지끈거렸지만 울음은 그치지 않았다.

그러다 잠이 들었다. 시간이 얼마나 흘렀을까. 나는 주위가 새카만 어둠에 둘러싸였을 때에야 비로소 눈을 떴다. 새벽 두 시였다. 밖에서는 아무 소리도 들리지 않았다.

그 사이 무슨 일이 있었을까? 아빠는 집에 왔을까? 동생을 만났을까? 동생은 아직도 집에 있을까? 어쩌면 이 모든 것이 꿈이었을까? 지독한 악몽이었을까?

그 순간 동생의 낯선 얼굴이 떠올랐다. 동생의 얼굴은 점점 더 선명해졌다. 호빵처럼 부풀어 오른 허연 얼굴에 쿡 박힌 두 개의 작은 눈. 남자애 같지 않게 유독 붉은 입술. 어정쩡하게 커 버린 키. 비대해진 몸.

그렇게 동생이 왔다. 5년 동안 엄마를 독차지했던 녀석은 엄마가 죽었다는 소식을 가지고 태평양을 건너왔다. 이제 나는 정말로 엄마가 없다.

2. 이제, 알람 시계는 필요 없다

알람이 요란하게 울렸다. 6시 30분. 일어날 시간이다. 정해진 시간표대로 움직이려면 일어나야 했다. 어제까지의 나라면 그랬을 것이다. 그런데 몸이 움직여지지 않았다. 머리도 무겁고 몸도 무거웠다. 감기에 걸린 것 같지는 않았다. 단지 팔다리의 움직임을 주관하는 뇌세포가 명령을 내리길 거부하고 있었다.

아빠와 사는 동안 이런 일은 한 번도 없었다. 누구도 나를 깨워 줄 사람이 없었기 때문에 나는 늘 알람에 복종했다. 여섯 시 반에 일어나고 일곱 시 반에는 반드시 현관문을 나섰다. 나는 한 번도 지각을 한 적이 없었다. 일부러 가장 혐오스러운 소리를 내는 알람 시계를 고르기도 했다.

오늘, 5년 만에 처음으로 규칙을 깼다. 역사적인 날이다. 먼 훗날 내 인생을 돌아보면 오늘을 기점으로 전후가 나뉘었을지도 모른다. 나는 잔뜩 물먹은 솜마냥 무거워진 팔을 간신히 뻗어 알람 시계를 내리쳤다. 내친김에 휴대폰 전원도 꺼 버렸다. 그리곤 이불을 푹 뒤집어썼다. 모든 게 귀찮았다. 지구가 이미 멸망해 버린 것 같았다.

방문은 여전히 잠겨 있었다. 아빠는 엄마를 잃어버린 나를 위로하기 위해 방문을 두드리지 않았다. 이미 익숙해진 일이지만 어쩐지 서글펐다. 엄마와 헤어진 이후 아빠는 자신을 추스르는 것만으로도 벅차 보였다. 술에 취한 날이 그렇지 않은 날보다 세 배는 더 많았다.

−혼자 할 수 있지?

열두 살, 엄마와 헤어진 나에게 아빠가 물었다. 나는 고개를 끄덕였다.

5년 동안 아빠가 내 아침 식사를 챙겨 준 날은 손가락으로 셀 수 있을 정도다. 나는 스스로 일어나고, 혼자 시리얼과 우유로 아침 식사를 하고, 혼자 학교에 가고, 혼자 공부를 했다. 일주일에 세 번 도우미 아줌마가 와서 반찬을 만들어 놓고 청소를 하고 세탁과 다림질을 해 놓고, 아빠가 식탁 위에 놓고 간 돈을 가지고는 사라졌다. 나는 학교에서 배운 성교육을 토대로 혼자서 초경을 치러 냈고 혼자서 교복을 샀고 혼자서 두 번의 졸업식과 두 번의 입학식에 갔다. 그런 날이면 저녁 식탁에서 나는 아빠에게 말했다.

−이제 나는 중학생이 되었어.

혹은

−이제 나는 고등학생이 되었어.

그러면 아빠는 지갑에서 만 원짜리를 손에 잡히는 대로 뽑아서 주었다.

-사고 싶은 거 사서 써.

아빠의 목소리는 늘 무덤덤했다.

-그래, 고마워.

나도 덤덤하게 대답했다. 아무 일도 아니라는 듯. 남들 다 하는 졸업이나 입학이 뭐 별거냐는 듯. 그 애들을 따라온 부모들은 갑자기 투명인간이라도 된 것처럼 눈에 보이지 않았다는 듯.

아빠마저 잃을 순 없었다. 아내를 잃은 아빠도 혼자서 해야 할 일이 많았다. 적어도 아빠가 너무 지쳐서 나를 보육 시설에 넘겨 버리는 일은 없어야 했다.

아빠는 자기밖에 모르는 매정한 사람이라고, 엄마는 늘 말했었다. 나는 어리광을 피우고 싶을 때마다 그 말을 명심했다. 이제 엄마가 죽어 버렸으니 그 말은 내가 기억하는 엄마의 마지막 말이 되어 버렸다. 이런 걸 유언이라고 해야 하나?

아빠는 용돈은 늘 넉넉하게 줬다. 내가 맘만 먹으면 나쁜 짓도 할 수 있을 만큼. 하지만 나는 애초에 문제아들처럼 노는 것에는 관심이 없었다. 나는 화장을 하고 옷을 사고 끼리끼리 몰려다니는 일에 흥미가 없었다. 술을 마시거나 담배를 피우는 일도 시시해 보였다. 남자 친구를 가져 본 일도 없었다. 종종 주위를 얼쩡거리거나 사귀자는 메시지를 보내는 남자애들이 있었지만 하나같이 한심해 보였다.

친구는 각 학년에 한두 명이면 충분했다. 적극적으로 친구를 사귀려고 한 적도 없었다. 새 학년이 되어 누군가 먼저 나에게 세 번 이상 말을 걸어 주면 그 아이와 친구가 되기로 결정했다.

친구가 뭐 별건가. 급식 같이 먹고 소풍이나 수학여행 갈 때 옆자리에 앉는 존재, 혼자라는 뻘쭘함으로부터 나를 보호해 줄 방어막, 그런 거 아닌가.

나는 아이들의 농담도, 아이들이 보는 TV 예능 프로그램도 재밌지 않았다. 그래도 웃어 주었다. 왕따를 당할 생각은 없었으니까.

나는 아빠가 준 돈을 친구들과 관계를 유지하는 데 썼다. 내 유일한 친구인 수진이와 수진이를 좋아하는 희주가 나를 따돌리지 못하도록 나는 그 애들보다 돈을 두 배는 더 썼다. 희주가 나를 재수 없다고 욕하는 소리를 엿들은 후부터였다. 사실 나는 희주를 내 친구라고 생각하지 않는다. 히지만 수진이를 내 옆에 두려면 희주를 참아야 했다. 무엇보다도 나는 혼자 밥을 먹고 수학여행에서 혼자 돌아다니는 궁상스러운 모습은 절대로 보이고 싶지 않았다. 그런 식으로 눈에 띄는 존재가 된다는 것은 생각만 해도 끔찍하다.

그래도 나는 늘 겉돌았다. 초등학교 때부터 지금까지 나는 줄곧 혼자 있는 아이였다. 학교에서나 집에서나. 그게 싫다는 얘기는 아니고, 그냥 그렇다는 말이다.

심심하면 나는 공부를 했다. 엄마와 헤어지기 전 내 성적은 중위권이었다. 엄마와 헤어져서 돌아온 뒤 나는 공부에 매달렸다. 집에 있는 시간 중 대부분을 공부를 하며 보냈다. 인터넷

강의를 듣기도 했다. 필요하면 학원을 알아보고 더는 도움이 안 된다는 생각이 들면 스스로 끊었다. 상의할 사람도 없었지만 상의할 필요도 없었다. 중학교 2학년 때부터 나는 상위권에 진입했다.

그런데 오늘, 나는 아무것도 하고 싶지 않았다. 정해진 시간에 자리에서 일어나기도, 교복을 챙겨 입고 학교에 가기도, 공부를 하기도 싫었다. 이상하게 나는 이제부터 쭉 이럴 것만 같은 생각이 들었다. 시시했다. 모든 것이 다 시시했다. 지구가 멸망한 게 분명했다.

누군가 문을 두드렸다.

―누나.

동생이 나지막이 나를 불렀다. 나는 못 들은 체했다.

―누나, 아직 자?

동생이 목소리를 높였다. 나는 이불을 다시 뒤집어썼다.

―누나, 나 배고파.

동생의 호빵 같은 얼굴이 떠올랐다. 저러니까 돼지처럼 살이 뒤룩뒤룩 쪘지.

내가 혼자서 지긋지긋한 시리얼과 말라 가는 사과로 아침을 때우는 동안 저 녀석은 아침마다 엄마가 정성껏 차려 준 밥상을 잘도 받아먹는 게 틀림없다.

어디 한번 굶어 봐라. 나는 절대로 저 돼지 같은 녀석에게 먹을 것을 주지 않을 것이다. 이제부턴 너도 혼자다. 이게 우리 집의 규칙이니까.

나는 이불 속으로 더 파고들었다.

짱그랑. 날카로운 소음에 눈을 떴다. 시계를 보니 9시 45분. 어느새 시간이 이렇게 흘렀을까.

두 시간 넘게 선잠을 자는 동안 나는 악몽에 시달렸다. 어떤 검은 형체가 나를 쫓아왔다. 무협 영화에서 나오는 자객처럼 빠르고 섬뜩한 놈이었다. 나는 정신없이 뛰었다. 신발이 벗겨지고 발바닥에서 피가 흘렀다. 뛰다 넘어지면 다시 일어나서 또 뛰었다. 나는 꿈속에서 누군가를 불렀다. 그러나 그 사람은 나를 구하러 오지 않았다. 나는 울면서 또 뛰었지만 힘이 다 빠져나가 버렸다. 나는 계속해서 누군가를 불렀다. 내가 그토록 갈급하게 부른 건 엄마였다. 아무리 불러 대도 엄마는 오지 않았다. 마침내 나는 쓰러졌고 일어서지 못했다. 검은 형체가 나를 덮치려는 순간, 짱그랑 소리가 났다. 나는 눈을 떴고 간신히 자객의 손에서 벗어났다.

─저 돼지가 무슨 일을 벌이고 있는 거야?

악몽에서 깨어난 것에 안도하면서도 한편으론 짜증이 확 밀려왔다. 자객의 손에서 나를 구한 게 고작 저 돼지 같은 녀석이라는 게 화가 났다. 나는 씩씩거리며 이불을 확 걷어찼다. 밤새 잠겨 있던 문을 열어젖히고 부엌으로 성큼성큼 걸어갔다. 기름 냄새가 훅, 달려들었다.

─야, 무슨 일이야!

나는 돼지 한 마리쯤은 꽁꽁 얼려 버릴 수 있을 만큼 싸늘하게 소리쳤다.

─아, 누나, 이제 일어났어?

녀석은 얼어 버리기는커녕 나를 보고 실실 웃었다.

―누가 함부로 만지래.

나는 재빨리 눈으로 바닥을 훑었다. 신기하게도 아무런 흔적이 없었다.

―걱정 마, 누나. 아무 것도 깨지 않았어. 접시를 떨어뜨렸는데 깨지지는 않았어.

무슨 대단한 일이라도 한 것처럼 동생은 뿌듯한 표정을 지었다.

―누나, 아침 먹자.

녀석이 식탁을 가리켰다. 식탁 위에는 달걀 프라이 두 개와 토스트 두 개와 우유 두 잔이 놓여 있었다.

―아빠는?

―못 만났어.

―밤늦게 들어왔다가 아침 일찍 출근했나 보군.

―아니, 어제 안 들어왔어.

―뭐? 안 들어왔다고?

―응.

―확실해? 네가 자느라고 몰랐던 거 아냐?

동생은 더 이상 대답하지 않았지만, 그 애 말이 맞는 것 같았다.

나도 모르게 마음이 흔들렸다. 누구에게도 환영받지 못하는 녀석이 불쌍해 보였다. 나는 크게 선심을 써서 녀석의 맞은편에 앉았다.

알고 보면 녀석도 안됐다. 내가 열두 살에 엄마에게 버려진 것처럼 녀석도 열두 살에 엄마를 잃었다. 하지만 버려진 것과 사별한 것은 분명히 다르다. 나를 선택하지 않은 순간 엄마는 나를 버린 것이다.

　―앞으로 내 건 할 필요 없어. 나 토스트 안 좋아해.

　―그럼, 밥 먹을래? 냉장고에 반찬 있던데.

　동생이 엉덩이를 들썩였다. 당장이라도 밥상을 차릴 태세였다. 이미 냉장고를 다 뒤져 본 모양이었다. 도대체 그런 넉살은 어디서 배운 거지?

　―됐어.

　나는 우유를 한 모금 마시고 토스트를 베어 먹었다. 딸기 잼을 얼마나 발랐는지 무진장 달았다. 그렇게 녀석과 마주 앉아 식사를 했다. 꾸역꾸역 음식을 밀어 넣는 동안 둘 다 말이 없었다. 녀석의 쩝쩝거리는 소리만이 유독 크게 들렸다. 나는 입맛이 하나도 없었다. 밤새 혓바늘까지 돋아서 음식이 닿을 때마다 쓰라렸다. 결국 반쯤 먹은 토스트를 접시에 내려놓았다.

　―맛이 없어? 배 안 고파?

　동생이 믿을 수 없다는 표정으로 나와 토스트를 번갈아 보았다.

　―너, 내 말 잘 들어.

　나는 냉정한 목소리로 말했다.

　―응, 누나. 말해.

　동생이 눈을 말똥말똥하게 뜨고 나를 바라보았다.

　―이 집에서는 각자 자기가 알아서 살아야 해. 누구도 도와주지 않아. 배가 고프면 지금처럼 혼자 알아서 찾아 먹어.

동생이 고개를 끄덕였다. 그 정도쯤이야 문제도 아니라는 듯한 표정이었다.

—내 것까지 차릴 필요는 없어. 나는 그런 친절 따윈 원하지 않으니까.

동생은 서운한 눈치였다. 그럼 내가 감동이라도 받을 줄 알았던 모양이지?

—아침에 누군가 너를 깨워 줄 거란 기대는 처음부터 하지 않는 게 좋을 거야. 지각을 하고 싶지 않다면 알람 시계를 하나 갖고 있는 게 현명하겠지. 저쪽 방에 보면 알람 시계가 몇 개 있을 거야. 네 맘에 드는 걸로 골라 가져.

—응, 누나.

—네가 무엇을 하든 나는 상관하지 않을 거야. 단, 내게 피해를 주는 일은 절대로 없어야 해. 내 물건을 만진다던가, 내 방에 들어간다던가, 내 휴대폰이 울린다고 대신 받을 생각은 추호도 하지 마.

—물어보는 건? 물어보는 건 되지?

동생이 씩 웃으며 말했다. 무슨 꿍꿍이라도 있는 건지.

—묻기 전에 꼭 다섯 번 생각해 보고 물어 봐. 꼭 필요한 질문이 아니면 괜히 귀찮게 굴지 말고.

동생은 다시 실망한 표정으로 고개를 끄덕였다. 그러나 곧 토스트를 마저 먹다가 말고 나를 보며 빙그레 웃었다.

—누나.

나는 대답 대신 동생을 바라보았다.

—누나, 내 이름은 형준이야. 헨리라고도 해. 미국 학교에서

는 헨리라고 불렀지만, 엄마는 나를 형준이라고 불렀어. 누나가 원하는 대로 불러도 좋아. 나는 헨리보다는 형준을 더 좋아하지만.

나는 대답 대신 코웃음을 치며 자리에서 일어났다.

정말, 꿈도 야무지군. 내가 제 이름을 불러 줄 것이라고 생각하다니. 나는 이제 와서 동생이라는 애완동물을 키울 생각이 조금도 없다. 헨리도 형준도 아닌, 넌 그냥 돼지야.

3. 동생의 보호자가 되고 말았다

녀석의 이름을 말할 수밖에 없는 일이 생겨 버렸다. 녀석을 근처 초등학교에 전학시킨 것은 나였다.

하필이면 녀석이 온 지 사흘 후가 우리 학교 개교기념일이었다. 아빠는 기다렸다는 듯이 이 귀찮은 일을 내게 떠넘겼다. 만 원짜리 세 장과 함께. 아마도 그 정도 액수면 내가 흔쾌히 그 일을 떠맡을 것이라 생각했나 보다. 이토록 자식을 모르다니. 나는 백만 원을 준다고 해도 녀석의 보호자 역할을 대신할 생각이 눈곱만치도 없다. 그래도 나는 어쩔 수 없이 동생을 데리고 내가 졸업한 초등학교로 갔다.

–박형준?

서류를 뒤적이며 동생의 새 담임이 물었다. 키가 작고 통통한, 짧은 파마머리가 푸석푸석한, 무척 지루한 인상의 아줌마였다. 베이지색 면바지에 짙은 회색 스웨터를 입고 있었는데,

스웨터는 몇 년을 입은 것인지 팔 부분에 보풀이 심했다. 검은
색 뿔테 안경 왼쪽에는 커다란 사마귀가 붙어 있었다. 안타깝
게도 그 사마귀 때문에 평범할 수 있었던 얼굴이 유별나게 보
였다.

　－누나가 데리고 왔네. 부모님은?

　－아빠는 회사일 때문에…….

　－그럼 엄마는?

　－사망이요.

　나는 일부러 건성으로 대답했다.

　－뭐라고?

　－죽었다고요. 미국에서.

　그녀는 그제야 서류를 뒤적였다.

　－그렇구나.

　그러고는 동생을 훑어보았다. 두꺼운 뿔테 안경 속 작은 눈
동자가 날카롭게 빛났다.

　동생은 좀 긴장한 듯했다. 도움을 바라는 얼굴로 내 옆에 바
짝 다가섰다.

　－들어가자.

　관찰을 끝낸 동생의 담임이 말했다. 동생이 또 겁먹은 얼굴
로 나를 바라보았다. 나는 들어가라는 신호로 고개를 끄덕였
다.

　－누나, 있다가 봐.

　동생이 굉장히 친한 남매 사이에서나 쓸 법한 말투로 말했
다.

24

나는 빈 복도를 터벅터벅 걸어 지나갔다. 수업 시간이라 복도에는 아무도 없었다. 빈 복도도 시끄러웠다. 각 반 교실에서 각기 다른 소리들이 튀어나왔다. 아이들의 웅성거림과 선생님들의 짜증 섞인 목소리들. 도대체 선생님들은 왜 그렇게 짜증이 많은 걸까.

아빠와 단둘이 미국에서 귀국한 뒤, 나도 이 학교에 입학했다. 동생처럼 5학년이었다. 3년 동안 다녔던 미국 학교와 한국 학교의 분위기는 완전히 달랐다.

나는 신경질적인 목소리의 할머니 담임이 너무나 무서웠다. 할머니 담임은 늘 길이가 50센티미터쯤 되는 나무 막대기를 가지고 다니면서 공부 시간에 떠드는 녀석이 있으면 사정없이 책상을 내리쳤다.

안타깝게도 나는 정태란 이름의 지독한 수다쟁이 남자애와 짝이 되었다. 정태는 쉬는 시간마다 정말 쉴 새 없이 떠들었다. 수업 시간에도 입이 간지러워 못 견뎠다. 나한테도 말을 시켰지만 나는 절대로 대답하지 않았다. 혹시라도 말이 새어 나갈까 봐 일부러 어금니를 앙다물었다. 결국 포기한 짝이 선택한 것은 앞자리에 앉은 민지였다. 민지 역시 푼수였다. 담임이 얼마나 무서운 사람이라는 것을 매번 잊고는 수다를 떨었다. 작은 소리로 말하면 들리지 않을 것이라고 착각하고선.

그러다 담임에게 걸리면 담임은 막대기로 정태와 내가 함께 쓰는 책상을 있는 힘껏 내리쳤다. 그때마다 경기를 하듯 놀라는 건 나였다. 정태는 움찔하는 듯싶더니 또다시 수다를 떨고 싶어 안달했다. 나이도 많은 할머니가 어떻게 그런 무지막지한

괴력을 지닐 수 있는지 모르겠다.

운동장으로 나오자 가을 햇살이 아주 따가웠다. 두 개의 학급이 운동장을 나눠 쓰고 있었다. 한 반은 저학년, 다른 한 반은 고학년인 듯했다. 저학년은 줄넘기를, 고학년은 피구를 하고 있었다.

동생은 5학년 3반이 되었다. 나도 모르게 뒤를 돌아보며 5학년 3반의 위치를 더듬었다. 그 순간 누군가 나를 향해 손을 흔들었다. 멀리서도 호빵같이 부풀어 오른 얼굴이 눈에 확 들어왔다. 이런 줄 알았으면 뒤돌아보지 않는 건데……. 왠지 비밀을 들켜 버린 기분이 들었다.

그 할머니 담임이 무서워서였을까. 나는 그해가 지나도록 매일 울었다. 빈집에 혼자 남아 있는 저녁이면 눈물이 줄줄 흘렀다. 곧 엄마가 돌아올 거라고 생각했다. 그때는 마른 편이었던 내 귀여운 남동생 손을 잡고 돌아와서 나를 꼭 안고 위로해 줄 거라고 생각했다. 다시는 떠나지 않겠다고 약속해 줄 거라고 생각했다. 하지만 엄마는 오지 않았다. 아무 소식도 들리지 않았다.

나는 아빠에게 엄마에 대해 묻고 싶을 때마다 아랫입술을 잘근잘근 씹으며 꾹 참았다. 아빠의 표정은 늘 굳어 있었다. 아주 큰 사기를 당한 사람처럼. 배신감에 치를 떠는 사람처럼.

그러다가 아빠의 표정이 멍청해졌다. 아빠는 반쯤 정신을 놓은 사람처럼 그저 살아갔다. 쳇바퀴를 돌듯 아빠는 무감각하게 하루하루를 견뎌 갔다.

고모를 따라 부산에 내려가 살고 있는 할머니가 이웃 여자와 아빠의 맞선을 주선하기도 했다. 나는 바보가 되어 버린 아빠가 불쌍했지만 그래도 재혼은 하지 않길 바랐다. 마음이 비단결 같아서 나를 제 딸처럼 잘 키워 줄 거라는 할머니의 말을 믿지 못해서가 아니었다. 나는 다른 누가 아닌 나의 엄마를 기다렸다. 희고 갸름한 얼굴에 유독 붉은 입술, 찰랑거리는 긴 생머리가 아름다웠던 나의 엄마.

언제부터였을까, 내가 엄마를 기다리지 않게 된 것은. 아니, 내 머릿속에서 엄마를 지워 버리기로 작정한 것은. 아니, 적어도 엄마를 그리워하며 징징거리지 않기로 한 것은.

나는 결론을 내렸다. 엄마는 동생과 함께 행복한 게 틀림없다. 나와 아빠를 완전히 잊어버릴 정도로 무지무지 행복한 게 틀림없다. 아니면 치를 떨 만큼 우리가 미웠던가. 진짜로 매정한 사람은 아빠가 아니라 엄마였다.

대신 나는 미니어처 집을 만드는 것에 심취했다. 초등학교 6학년 특별 활동 시간에 처음 모형 집을 만들었다. 처음엔 아주 작은 미니어처에 불과했다. 지도 교사가 나눠 준 종이에 그려진 대로 오리고 접고 붙이고……. 그러면 아기자기한 집들이 만들어졌다.

지도 교사는 우리에게 각각 다른 모형을 나누어 줬다. 누군가는 문방구를 만들었고, 누군가는 패스트푸드점을, 누군가는 슈퍼마켓을, 누군가는 학교를, 누군가는 아파트를 만들었다. 우리들이 만든 것을 모아 작은 마을을 완성시켰다. 그건 내가 초등학교를 졸업하기 전에 이룬 가장 보람 있는 일이었다.

하지만 초등학교를 졸업하면서 미니어처를 만드는 것도 끝이 났다. 이상할 만큼 마음이 허전했다.

중학교 2학년 여름 방학에 길을 걷다 우연히 미니어처 재료를 파는 가게를 발견했다. 나도 모르게 발을 들여놓았다. 아기자기하고 섬세한 미니어처들이 잔뜩 전시된 그곳에서 나는 아늑함을 느꼈다. 누군가가 건네는 작은 위로 같은.

그 자리에서 나는 작은 집을 만들 재료를 구입했다. 집을 만든 후에는 또 다른 집을, 아파트를, 가게를, 학교를 만들어 갔다. 초등학생 때 아이들과 함께 만들었던 마을을 혼자서 만들었다. 집을 만드는 동안 나는 진짜 집을 짓고 있는 듯한 착각에 빠졌다. 마치 우리 가족이 실제로 들어와서 살 것만 같았다. 이따금 나는 우리 가족이 해체되기 전의 추억을 떠올리기도 했다. 하지만 완성된 집은 그냥 모형에 불과했다.

올봄부터 나는 삼층집을 짓기 시작했다. 더 이상 작고 귀여운 미니어처가 아니었다. 내가 짓는 집은 제법 크고 견고했다. 나는 금방 끝내는 작업이 아니라 오래오래 붙들고 있을 수 있는 작업을 하고 싶었다. 그래야 더 오랫동안 행복한 꿈을 꿀 수 있을 테니까.

골격이 완성되자, 내부를 채워 갔다. 침대며, 옷장이며, 식탁이며, TV, 냉장고는 물론이고 접시와 포크 같은 세세한 것까지 채워 넣었다. 아주 정교한 작업이어서 집중하다 보면 시간이 빠르게 흘렀다. 상념도 사라졌다.

나는 내가 미니어처 집 만들기를 정말 좋아한다고 생각했다. 그건 TV도, 친구들과의 잡담도 즐기지 않는 나의 유일한 취미였다. 동시에 그것은 나만 아는 비밀 세계였다. 누구에게도 들키고 싶지 않은.

도우미 아줌마가 방 청소를 하러 들어왔다가 내 미니어처를 본 일이 있었다. 나는 고래고래 소리를 지르며 나가라고 악을 썼다. 얼떨결에 어린애에게 모욕을 당한 아줌마는 그 후 한 달 동안 팔자타령을 입에 달고 살았다. 나이 먹고 돈 없는 것도 서러운데 어린 것이 무시한다고 점점 더 서럽게 읊어 댔다. 나는 내심 미안했지만 사과하지는 않았다. 어차피 나는 친절한 사람이 아니니까.

엄마가 죽었다는 것을 안 이후로 나는 모형 집을 만들지 않았다. 커다란 쇼핑백에 그동안 작업했던 것을 모두 처넣고는 옷장 구석에 던져 버렸다. 오랜 시간 공을 들였던 삼층집이 꼴도 보기 싫었다.

엄마가 죽었다는 소식을 들은 날부터 나는 달라졌다. 나는 더 이상 타이트한 스케줄에 따라 살지 않는다. 수업 시간에 선생님의 말을 놓칠세라 볼펜을 꽉 붙잡고 있지도 않는다. 이번 주에 나는 두 번 지각을 했다. 담임은 내게 어디가 아프냐고 물었다. 나는 잘 모르겠다고 대답했다. 담임은 아프면 병원에 가 보고, 다시는 지각하지 말라고 했다. 나는 알았다고 고개를 끄덕였지만 귓등으로 듣고 흘려 버렸다.

나는 더 이상 누구의 말도 듣지 않는다. 나는 그냥 살아간다. 오래전 아빠가 그랬던 것처럼 바보같이. 아침이면 바보같이 눈을 뜨고 바보같이 교실에 앉아 있다가 바보같이 다시 집으로 돌아온다. 집에 오는 길에 무턱대고 걸어 다녀 보기도 했다. 좀비처럼.

사실을 말하자면, 오늘은 개교기념일이 아니다. 오늘 아침 나는 학교에 갈 생각이 없었고, 재수 없게도 숙취로 출근이 늦어진 아빠에게 들켜 버렸다. '무단결석'이란 말보다는 '개교기념일'이라는 말을 더 듣고 싶어 할 아빠를 위해 나는 그렇게 둘러댔다. 거짓말의 대가로 동생을 전학시키는 일을 떠맡게 될 줄이야. 아빠는 정말 운이 좋았다.

4. 막살기로 했다

　ㅡ이게 뭐하는 짓이야! 너 제정신이야?

　담임이 학교 옥상으로 나를 불렀다. 담임의 얼굴은 붉으락 푸르락했다. 목소리는 거칠게 갈라져서 쇳소리가 났다.

　담임의 손에는 내 모의고사 성적표가 들려 있었다. 수학을 제외한 다른 과목들은 모두 80점 대다. 최상위권 학생인 내 성적치고는 결코 잘했다고 할 수 없었다. 하지만 담임이 저렇게 길길이 날뛰는 것은 수학 점수 때문이었다. 수학 시험 시간에 나는 엎드려 잠을 잤다. 감독 선생님이 몇 번 내 어깨를 두드리고 갔다. 난 일어나지 않았다. 다 귀찮았다. 결국 수학 문제를 하나도 풀지 않았다. 답지에 표시도 하지 않았다. 말 그대로 빵점이었다.

　나는 상관없었다. 이제 내게 성적이나 등수 따위는 중요하지 않았다. 게다가 우리 아빠는 성적표를 챙겨 보는 사람도 아니니까. 사실 지금까지 내가 공부를 한 유일한 목적은 엄마에게 보여 주기 위해서였다. 엄마 없이도 잘 살았다는 것을 알고 나면 엄마는 어떤 표정을 지을까.

나는 시간이 빨리 지나가길 기다렸다. 중간고사가 끝나면 기말고사를 기다렸다. 1학기가 끝나면 2학기가 시작되길 기다렸다. 1학년이 끝나고 2학년이 되길 기다렸다. 하루빨리 고3이 되고 수능을 치르고 명문대 합격 통지서를 받고 싶었다.

합격 통지서를 받는 즉시 미국행 비행기를 탈 생각이었다. 엄마가 살고 있는 샌프란시스코로 날아가서 지금껏 내가 쌓아 온 스펙들과 함께 합격 통지서를 내밀 생각이었다.

내가 준비한 스펙 안에는 반 아이들 몇 명과 찍은 사진도 있었다. 입을 크게 벌리고 웃고 있는 사진이었다. 사진을 보고 애들은 수군거렸다. 평소에 나는 표정이 없는 아이였기 때문이었다. 하지만 상관하지 않았다. 목적만 달성하면 됐다. 엄마에게 보여 줄 사진을 만드는 게 친구가 필요했던 또 하나의 이유였다. 나는 성적표와 상장과 사진들을 파란색 파일 안에 넣어 두었다. 이미 세 권째 파일이 거의 다 차 가고 있었다.

이제 그 파일은 껍데기만 남게 되었다. 일주일 전, 그 안의 내용물들은 모두 잘게 찢겨져 쓰레기통에 버려졌다. 그동안의 기다림, 노력, 자존심을 죽여야 했던 일들이 모두 날아가 버렸다.

나는 비행기 티켓을 살 돈도 모으고 있었다. 용돈을 틈틈이 모으고 생일과 졸업과 입학 선물로 받은 돈을 한 푼도 쓰지 않고 모았다. 하지만 책상 서랍 속에 고이 모셔 둔 통장은 이제

쓸모가 없어졌다. 나는 통장까지 가위로 잘라 버리려다 꾹 참았다.

　－왜 이딴 짓을 했어?

　담임이 소리를 빽 질렀다. 안타깝게도 나는 담임에게 발각되리라는 건 미처 계산하지 못했다. 나는 대답 대신 고개를 푹 숙였다. 반성하는 것처럼 보여야 빨리 끝날 테니까.

　－어서 말 못해!

　담임은 계속해서 고함을 꽥꽥 질러 댔다.

　－그냥…… 너무 피곤해서…….

　들릴 듯 말 듯 작은 목소리로 그렇게 대답했다. 차마 막살기로 했다는 말은 할 수 없었다.

　내 말이 채 끝나기도 전에 담임의 곰 발바닥 같은 손이 날아와 내 뺨을 갈겼다. 놀랄 만큼 정확한 명중이었다. 나도 모르게 눈물이 뚝 떨어졌다.

　－뭐? 피곤해? 피곤하다고 시험지를 백지로 내? 누가 시험 시간에 잠을 자래. 이런 건방진…….

　담임이 검지로 내 이마를 툭툭 치며 말했다. 담임이 이마를 칠 때마다 내 몸이 뒤로 밀려났다. 뺨을 맞는 것보다 훨씬 더 기분이 나빴다. 사과를 하려던 마음이 모두 날아가 버렸다. 담임은 화가 풀리지 않는지 계속 씩씩거렸다. 담임이 숨을 거칠게 몰아쉴 때마다 거대하게 부풀어 오른 배가 들썩였다. 와이셔츠 위에 불안하게 달려 있던 단추 하나가 압력을 이기지 못하고 결국 팅겨져 나갔다.

　담임의 손자국이 벌겋게 났을 왼쪽 뺨이 화끈거렸다. 담임이 그다지 믿지는 않았다. 물론 담임이 진정으로 나를 위해서 사랑의 매를 들었다고 착각하지는 않았다. 담임으로서는 반 평균을 왕창 깎아 먹은 내가 미울 것이다. 어쨌거나 담임은 알지 못한다. 지난 며칠 사이에 내게 무슨 일이 있었는지. 왜 내가 수업 시간에 창밖만 내다보고 있고, 무단결석을 하고, 수학 시험지를 백지로 제출했는지. 그렇기 때문에 담임을 비난할 생각은 없다. 알려고 하지 않는 것도 직무유기일 테지만, 차라리 모르는 게 서로 편할 것이다. 담임이 나를 동정 어린 눈으로 바라본다는 것은 생각만 해도 비참하다.

－부모님 모셔 와.

담임의 말에 가슴이 철렁 내려앉았다. 아빠를 모셔 오라고? 비로소 이 사건이 현실로 다가왔다. 아빠에게 알리는 건 곤란하다. 그러면 문제가 커질 것이다. 아니, 아빠가 무지 귀찮아할 것이다. 5년 동안이나 부재했던 동생까지 나타난 마당에 나까지 문제를 일으켜서 아빠를 귀찮게 할 수는 없다. 게다가 아빠가 나를 변호한답시고 엄마가 죽었다는 얘기를 꺼낸다면? 그럼 담임뿐 아니라 반 아이들까지도 나를 동정 어린 눈으로 바라볼 것이다. 생각만 해도 끔찍하다.

－잘못했어요. 다시는 이런 일 없을 거예요.

나는 떨리는 목소리로 말했다. 한순간에 저자세로 돌아섰다. 여차하면 무릎도 꿇고 손도 비빌 생각이었다. 어차피 담임 앞에서 자존심을 세울 생각도 없었다. 나는 쓸데없는 자존심 싸움을 할 만큼 어리석지는 않다.

－한 번 더 이런 일이 있으면 그땐 부모님께 바로 연락할 거

야.

담임이 협박조로 말했다.

-네에.

나는 담임이 잘 볼 수 있도록 고개를 크게 끄덕였다.

-도대체 요즘 왜 그래?

화가 좀 풀린 모양인지 담임의 목소리가 조금 누그러졌다.

-죄송해요.

나는 다시 한 번 고개를 조아렸다.

-지금까지 잘해 온 걸 봐서 이번은 넘어가 주는 줄 알아.

-감사합니다.

-들어가 봐.

나는 목례를 하고 돌아섰다. 다리가 후들거렸다. 계단을 내려가기 전 담임의 옷에서 떨어진 단추를 발견했다. 냉큼 주워다 담임에게 바쳤다. 아빠에게는 연락하지 말아 달라는 의미에서였다.

-여기요.

담임이 고맙다는 말도 없이 홱 낚아챘다.

복도에서 수진이와 희주가 염탐을 하고 있었다.

-무슨 일이야?

수진이가 걱정스런 얼굴로 물었다.

-별거 아냐.

나는 시큰둥하게 말했다.

-담임 엄청 열 받은 것 같던데? 너 혹시 맞았니?

희주의 두 눈이 불손한 호기심으로 반짝였다. 나는 희주에게 눈길도 주지 않은 채 교실로 들어갔다.

분명히 희주는 내 뒤통수에 대고 눈을 흘길 것이다. 수진이를 붙잡고 온갖 상상을 갖다 붙이겠지. 그러거나 말거나 상관없다. 이제 나는 이 애들과의 관계에도 더 이상 연연하지 않는다. 친구 따위 없어도 좋다. 남들이 나를 왕따 취급해도 상관없다. 수진이 마저 나를 버린다고 해도 상관없다.

정 피곤하면 학교 따위 그만두면 된다. 내 실력이면 검정고시는 문제도 아니다. 아니, 대학 같은 건 이제 가고 싶은 마음도 없다. 나는 이제 막살기로 했으니까. 어차피 나는 모범생도 아니었다. 그건 연극에 불과했다. 모범생이라는 가면 따위는 내 파란색 파일과 함께 조각난 지 오래였다.

아빠가 웬일인지 집에 일찍 들어왔다. 일찍이라야 아홉 시지만. 집 안으로 들어오던 아빠의 시선이 소파에 누워 있는 동생에게 잠시 머물렀다. 동생은 드르렁드르렁 코를 골며 자고 있었다.

-쟨 언제부터 자니?

-몰라.

내 대답이 차갑게 들려서인지 아빠가 나를 힐금 보았다.

-그걸 내가 어떻게 알겠어. 매일 저렇게 누워서 TV만 보는데.

-저녁은 먹고 자는 거니?

-쟤가 굶고 잘 애로 보여?

-하긴.

아빠의 대답도 자상하게 들리진 않았다. 실제로 아빠는 5년 만에 나타난 아들에게 믿을 수 없을 만큼 무관심했다. 아빠가 동생을 대하는 태도는 나를 대하는 태도와 별반 다르지 않았다. 매주 일요일 저녁 여섯 시에 불러다 놓고 용돈을 나누어 주는 것, 그게 전부였다. 내게는 5만 원, 동생에게는 3만 원. 우리는 꽤 넉넉한 용돈을 받았다. 역시 우리 아빠는 돈으로 자식을 키운다.

─저녁 차릴까?

냉장고 안을 뒤적이며 내가 물었다.

─저녁은 됐고, 소주나 한잔하지 뭐.

나는 아빠를 위해 안주를 만들었다. 냄비에 번데기 통조림을 쏟아 넣고 고춧가루와 파를 넣은 뒤 팔팔 끓였다. 나는 아빠를 위해 5년째 번데기탕을 끓였고, 아빠는 질리지도 않고 잘 먹었다. 이따금 오이도 잘라서 고추장과 함께 내놓았다. 아빠가 소주가 아닌 맥주를 찾을 때면 가까운 치킨집에 전화를 걸었다. 우리 집 냉장고는 다른 건 몰라도 소주와 맥주는 떨어지는 날이 없었다.

아빠는 번데기탕을 한 숟가락 떠먹고는 소주를 거푸 들이켰다. 아빠의 눈이 금세 빨갛게 변했다. 시뻘건 실핏줄이 아빠의 크고 부리부리한 눈에 퍼져 나갔다. 이럴 때면 아빠의 눈은 왜 그토록 무섭게 보이는 걸까. 나는 아빠와 눈을 마주치지 않으려고 시선을 교묘하게 피하곤 했다.

내가 아빠의 안주를 만들고 이따금 비위를 맞추는 것도 아빠의 눈이 두려웠기 때문인지도 모른다. 아빠가 오늘처럼 일찍 들어와 술을 마시는 날엔 나는 모든 일정을 포기하고 아빠의 맞은편 의자에 앉아 있었다. 아빠가 시킨 건 아니었다. 그냥 그래야 할 것 같았다. 나는 아빠가 외로워지는 게 두려웠다.

그런데 오늘, 갑자기, 정말 비굴하게 살아왔다는 자각이 몰려왔다. 그러자 아빠와 마주 보고 앉아 있기가 싫어졌다. 이것도 다 엄마가 죽어서다. 왜 그런지 모르지만 엄마가 죽자, 나는 모든 게 하기 싫어졌다. 나는 자리에서 벌떡 일어났다. 아빠가 나를 힐긋 보았다.

—왜, 자려고?

—지금이 몇 신데 벌써 자?

나는 별말도 아닌데 톡 쏘아붙였다. 아빠의 시뻘건 눈이 휘둥그레졌다가 다시 게슴츠레해졌다. 아빠는 소주잔으로 시선을 돌리더니 술잔을 비웠다.

—들어가 봐.

아빠가 중얼거리듯이 말했다.

내 방으로 들어가는 길에 소파에서 잠들어 있는 녀석에게 딱 한 번 시선을 줬다. 녀석은 아빠가 집에 돌아올 무렵이면 늘 잠들어 있었다. 그것도 TV를 보다 소파에서 그대로 잤다.

우리 집에는 방이 세 개 있지만 녀석을 위한 방은 없다. 가장 큰 방은 아빠가 사용하고, 두 번째로 큰 방은 내 책상과 침대가 놓여 있는 나만의 공간이다. 가장 작은 방은 창고나 다름이 없다. 녀석의 짐도 창고 방에 놓여 있다. 온갖 잡동사니로 가득 찬 창고 방에서 잠을 잔다는 것은 불가능하다. 나는 그렇다 치고 아빠도 녀석에게 같이 자자는 말을 하지 않았다.

결국 녀석이 잠들 수 있는 곳은 소파밖에 없다. 종일 TV를 보다가 소파에서 잠이 든 녀석의 둔하고 비대한 몸을 보면 한편으론 짜증이 나고 또 한편으론 불쌍했다. 이불이라도 덮어줄까 생각하는 순간, 잠을 자고 있는 녀석의 눈이 깜박였다.

잠이 든 게 아니라 자는 척을 했단 말이야? 곰처럼 둔한 줄만 알았더니 녀석, 깜찍하다. 불쌍하던 마음이 싹 가셔 버렸다. 이게 어디서 자는 척이야, 눈떠, 라고 말하려다가, 나는 모른 척하고 방으로 들어왔다.

서로 마주치는 걸 두려워하는 건 녀석만이 아니다. 아빠도 어쩐지 녀석을 불편해했다. 5년 전의 모습이 완전히 사라져 버린 낯선 아들을 마주하는 게 영 서먹한 모양이었다. 우리 아빠는 언제쯤 어른다워질까.

침대 위에 놓인 휴대폰이 반짝였다. 수진이로부터 문자 메시지가 와 있었다.

–뭐 해?
–벌써 자?
–너 혹시 화났니?

아무 반응도 없으니까 혼자서 북 치고 장구 치고 다한 모양이다. 나는 귀찮지만 답변해 주기로 했다.

안 자. 왜?
–아니… 오늘 기분이 안 좋아 보이기에.

담임한테 맞은 게 기분 좋은 일은 아니지.

–맞았어? 어디?

뺨.

–어머, 무식하게 싸대기를 때리다니. 하긴, 네가 좀 심했어. 근데 왜 그랬어?

그냥 별 뜻 없었어.

–무슨 일 있어? 너 요즘 달라진 거 같아. 나랑 희주하고도 멀어진 것 같고… 혹시 우리한테 화났니?

그런 거 아냐.

–그게 아니면 왜 그렇게 퉁명스럽게 대하는 건데. 말투도 표정도 달라졌어.

아무것도 아냐. 그냥 피곤해서 그래.

–진심이지?

그래. 내일 보자.

나는 굿바이 이모티콘을 날리고 문자 메시지 창을 닫았다.

이전 같으면 수진이의 기분이 상했을까 봐 염려했을 것이다. 다음 날 학교에서 나를 따돌리기라도 할까 봐 눈치를 살폈을 것이다. 하지만 이젠 상관없다. 어차피 나에게 친구란 일회용품이었다. 한 해 동안 대충 어울려 다니다가 새 학년이 되면 새것으로 교체하는.

–혜윤아~

수진이가 다시 문자 메시지로 나를 불러냈다. 못 본 체하기에는 타이밍이 좋지 않았다. 어쩔 수 없이 나는 수진이와의 대화를 계속해야 했다.

　왜, 또?
　─어제 너 빼고 희주하고만 약속 잡은 거 땜에 그러나 본데…….

　어라, 얘가 비밀을 털어놓기 시작하는구나. 뭐 지들이 나 빼고 약속 잡은 게 한두 번도 아니면서 새삼스럽긴. 내가 그동안 모르는 척해 줬더니 진짜 몰랐는지 알았나 보다. 하긴 내가 자기들 머리 위에 있다는 것을 알 리가 없다. 나는 매번 바보처럼 눈을 껌벅이며 속아 줬으니까. 그럴 때마다 수진이는 나와 눈을 맞추지 못했고, 희주는 웃음을 참느라 숨 막혀 돌아가시기 일보 직전이었다.

　─그게… 희주네 화실 오빠가 미팅을 하자고 해서… 근데 넌 미팅에 관심 없잖아.

　소심한 수진이가 절절매는 모습이 눈에 선했다. 나는 그 모습이 재밌어서 심술을 부려 보기로 했다.

　아닌데? 나 미팅 좋아하는데? 누가 내가 미팅 싫어한다고 그랬어? 희주가? 그건 걔가 나를 모르고 하는 소리야.
　─그래?

응.

−그럼, 너도 같이 할래?

수진이의 예기치 않은 물음에 나는 당황했다. 진짜로 미팅에 나갈 생각은 없었다. 남자애들 몇 명과 여자애들 몇 명이 짝수를 맞춰서 마주 보고 앉아 있다니……. 그건 너무 바보스러운 장면이다. 끔찍하다. 하지만 여기서 물러서기는 싫다. 이번엔 반드시 요 계집애들을 골탕 먹이고 싶다. 나는 눈을 질끈 감고 대답했다.

좋지.

−진짜?

물론.

−그럼, 희주한테 세 명 준비하라고 한다?

아니, 아냐, 농담이었어. 농담도 못하니? 그냥 너희들끼리 나가라고 말하고 싶었지만, 아직도 반신반의하는 수진이의 태도에 짜증이 났다. 그래서 결국 이렇게 대답했다.

그렇다니깐.

5. 시간아, 빨리빨리 흘러라

토요일 오후 두 시, 나는 어딘가 엉성한 데가 있는 카페에 앉아 있었다. 발밑에 깔린 카펫에서는 곰팡이 냄새가 풀풀 났다. 조잡한 인테리어에, 음악 소리는 어찌나 큰지 고막이 터질 것 같았다.

대각선 방향에 남자애 하나가 앉아 있었다. 빨간색 스키니진이 유독 튀었다. 헤어스타일도 특이했다. 옆은 바짝 밀고 앞머리만 쏟아져 내릴 것처럼 길었다. 남자애는 왼쪽 눈을 다 가려 버린 앞머리가 답답하지도 않은지 쏟아져 내리도록 그대로 방치했다가 이따금 입으로 바람을 불어 머리카락을 날렸다. 그 모습이 스스로는 멋져 보인다고 생각하는 모양이었는데, 객관적으로는 한심했다. 그 애와 마주 보고 앉아 있다면 정말 끔찍할 것 같았다.

―일찍 왔네?

수진이는 노란 원피스에 녹색 카디건을 입고, 비비크림으로 여드름 자국을 지우고 분홍빛이 도는 립글로스를 발랐다. 청순한 소녀를 연기하기로 작정한 모양이었다.

─너희가 늦은 거지. 근데 앤 왜 안 오니?

─원래 희주는 좀 늦게 나타나.

수진이가 빨간색 스키니진을 힐긋거리며 말했다. 수진이의 들뜬 표정을 보니 빨간색 스키니진에 대한 생각이 나와 다른 것 같았다. 참, 이렇게 남자 보는 수준이 낮아서야…….

희주를 기다리는 동안, 남자애들은 모두 모였다. 머릿수가 짝이 맞는 것으로 보아 우리와 미팅할 상대가 확실했지만 주선자인 희주가 나타나지 않았으니, 양쪽 모두 시치미를 떼고 있었다. 수진이는 평소보다 조용조용하게 말을 했고, 남자애들은 과장된 목소리로 떠들어 댔다. 말소리가 우리 자리까지 들려왔지만 내용은 모두 쓸데없는 것들이었다. 카페기 후져서 나른 손님이 별로 없는 게 그나마 다행이었다.

─어머, 다들 와 있었네. 내가 좀 늦었지?

호들갑을 떨며 희주가 등장했다. 희주는 10센티미터는 되어 보이는 힐을 신고 있었다. 안 그래도 키가 170센티에 근접한 희주는 거의 거인 수준이었다. 짙은 아이라인에 마스카라와 속눈썹까지, 눈이 평소보다 두 배는 커 보였다. 길에서 우연히 만났다면 나는 희주를 못 알아봤을 것이다.

─왜 이렇게 늦었어?

남학생들 중 키가 제일 큰 애가 자리에서 일어났다. 희주네 화실 오빠인 모양이었다.

−자리부터 잡자. 이리로 오시죠.

화실 오빠가 말하자 수진이가 수줍게 웃으며 자리에서 일어났다. 나도 주섬주섬 수진이를 따라갔다.

언뜻 보기에도 걔들 중엔 내 취향이 없었다. 화실 오빠라는 애는 키가 180센티미터가 넘어 보였고 얼굴도 그런대로 잘생긴 데다 옷도 세련되게 입었다. 자신감도 충만해서 잘난 척을 하고 싶어 안달이었는데 아쉽게도 많이 부족했다. 영어나 사자성어를 일상 대화에 적절히 섞고 싶은 모양인데 꼭 한 글자씩 틀렸다. 이를테면 '동병상련'은 '동방상련'으로, '적재적소'는 '적대적소'로 아슬아슬하게 정답을 비껴갔다. 영어 단어도 발음이 몹시 불안했다.

화실 오빠와 빨간색 스키니진 사이에 앉은 남자애는 고등학교 2학년생으로 보이지 않았다. 얼굴이 무척 동안인 데다가 키도 작고 몸집도 왜소했다. 화실 오빠 옆에 있어서 더 작아 보였다. 특별히 멋을 부리지도 않았고 말수도 적어서 신경을 쓰지 않으면 눈에 띄지 않았다. 스스로도 눈에 띄려고 설쳐 대지도 않았다. 아마도 갑자기 내가 합류하는 바람에 아무나 데려온 모양이었다. 희주의 시선은 화실 오빠에게 고정되어 있었다. 애초에 미팅의 목적도 화실 오빠를 꼬시는 데 있었던 게 틀림없었다.

두 시간 동안 마주 보고 앉아 바보 같은 시간을 보내는 동안 나는 다섯 마디도 하지 않았다. 수진이가 쿡쿡 찔러 대고 희주가 째려보았지만 나는 꿈쩍도 하지 않았다. 처음엔 질문을 하던 남자애들도 내 반응이 시원치 않자 관심을 끄고 그냥 내버

려 뒀다. 나는 팔짱을 끼고 다리를 꼬고 앉아 바보 같은 시간이
끝나길 기다렸다. 애들이 떠드는 소리를 들었다가, 딴생각에
빠졌다가, 주위를 둘러보았다가, 하품을 해 댔다.

─이쯤에서 파트너를 나누지?

화실 오빠가 말했다.

─남자 쪽 소지품을 우리가 고를게.

희주가 대뜸 대답했다.

화실 오빠의 소지품을 찾아낼 자신이 있는 모양이었다.

─좋아. 잠깐 고개를 좀 돌리고 있어.

남자애들이 주섬주섬 뭔가를 걷어서는 탁자 위에 올려놓았
다. 미니 향수, 게임기, 라이터. 소지품들도 모두 유치했다. 희
주가 자신 있게 미니 향수를 집었다. 뒤이어 수진이가 게임기
를 집었다. 나는 남아 있는 라이터를 집어 들었다. 남아 있는
게 하나라 선택의 여지가 없었다. 빨긴색 스키니진이 희주를
향해 씩 웃었다. 희주의 얼굴에 울긋불긋 당혹감이 번져 나갔
다. 화실 오빠의 소지품은 라이터였다. 희주는 나를 사납게 노
려보았다. 자기가 잘못 골라 놓고는…….

─불공평해. 이번엔 우리가 소지품을 내놓을 테니까 오빠들
이 가져가.

희주가 물을 벌컥벌컥 마시더니 짜증스럽게 말했다. 희주가
말하는 '불공평'은 본래의 의미에서 한참 벗어났지만, 우리는
희주의 말대로 했다. 나도 그렇게 하고 싶었다. 맘에 드는 애가
하나도 없었지만 화실 오빠는 느끼해서 더 싫었다.

남자애들이 고개를 돌린 사이, 우리는 소지품을 꺼냈다. 희

주는 속 보이게 지금까지 목에 걸고 있던 목걸이를 내놓았다. 수진이는 아기곰 모양의 휴대폰 액세서리를, 나는 도무지 내놓을 게 없어서 500원짜리 동전을 탁자 위에 올려놓았다. 빨간색 스키니진이 먼저 희주의 목걸이로 손을 뻗치려는 순간, 희주가 한숨을 쉬고 물 잔을 요란스럽게 탁자에 내려놓았다. 빨간색 스키니진은 겁에 질린 얼굴로 움찔하며 휴대폰 액세서리를 집어 들었다. 뒤이어 소년 같은 남자애가 재빨리 내 동전을 집어 들었고 화실 오빠는 남아 있는 목걸이를 집었다. 그렇게 해서 간신히 짝이 지어졌고 우리는 모두 밖으로 나왔다.

　–너 집에 가고 싶지?

　나와 짝이 된 소년 같은 고2가 물었다.

　–왜 그렇게 생각하는데?

　–아까부터 하품했잖아.

　–그런 너는?

　–나도 이런 거 별로야. 근데 너 고1 아냐?

　–맞아. 그건 왜?

　–너, 반말이 너무 쉽다.

　–그럼 존댓말 해야 해요? 울 학교 선배도 아니잖아요.

　–억울하면 반말해. 그냥 묻지도 않고 막 말 트니까⋯⋯.

　–무시하는 거 같아요?

　–좀 재수 없어 보여. 근데 존댓말 하니까 더 재수 없다. 그냥 반말해라.

　–집에 가자.

　–그래.

소년 같은 남자애는 집까지 데려다 줄 생각인지 계속 나를 따라 걸었다.

—훤한 대낮에 데려다 줄 필요는 없는데?

—누가? 내가? 너를?

남자애가 눈을 동그랗게 뜨고 물었다.

—그럼 아냐?

—우리 집도 이쪽이야.

—아님 말구.

—이름이 뭐니?

남자애가 물었다.

—아까 말했잖아.

—넌 내 이름 기억해?

당연히 기억하지 못했다. 건성으로 들었으니까.

—난 정훈이야. 윤정훈. 넌?

—이혜윤.

—이혜윤……, 너 사춘기지?

—뭐?

—세상에 네 맘에 드는 게 하나도 없지?

—뭐라고?

—얼굴에 심술이 잔뜩 붙었어.

나는 불쾌한 나머지 얼굴이 화끈 달아올랐다.

—너 관상 보니? 아예 내 미래까지 점쳐 보지 그래?

—너 아까 걔들 무지 무시하던데, 내가 보기엔 너도 별로 잘나지 않았어.

─초면에 그런 얘길 하는 너는 잘났고?

─나라고 별수 있겠어? 그러니까 아까부터 너한테 무시당하고 있었잖아.

남자애는 히죽 웃었다.

─난 저쪽이다. 잘 가라.

남자애는 손을 흔들고는 뒤돌아 갔다. 뒷모습을 힐긋 보니, 키가 나보다 5센티 정도밖에 크지 않은 것 같았다. 그러면서 어른인 체하기는. 재수 없다. 나는 눈을 흘기고 집을 향해 걸음을 재촉했다.

엘리베이터를 나오자 소음이 들려왔다. 소음은 우리 집 현관 문틈에서 새어 나왔다. 록 음악을 크게 틀어 놓고 꽥꽥 소리를 질러 가며 따라 부르는 소리였다. 짜증이 확 밀려왔다. 현관문 도어록 번호를 눌렀는데 문이 열리지 않았다. 보조 키까지 잠근 모양이었다. 나는 신경질적으로 벨을 눌러 댔다. 갑자기 소음이 멈췄다. 노래 소리가 멈췄고 뒤이어 스피커에서 나오는 소리도 사라졌다. 그런데 문이 열리지 않았다. 나는 다시 벨을 눌렀다. 그러자 이제야 벨 소리를 들었다는 듯이 천연덕스러운 목소리가 들려왔다.

─누구세요?

─나야, 문 열어.

─누나야?

동생이 새삼스럽게 물었다. 나 말고 올 사람이 또 누가 있다고.

동생은 머리를 부스스하게 헝클어뜨리고 하품을 하면서 문을 열었다. 마치 잠을 자다가 벨 소리에 깬 것 같은 장면을 연출하고 있었다. 나는 재빨리 주위를 살펴보았다. 집안은 깔끔했다. 소파 위에 늘 널브러져 있던 아빠의 티셔츠와 반바지도 잘 개켜져 소파 한쪽에 얌전히 놓여 있었다. 탁자 위에도 물컵 하나 놓여 있지 않았다.

─너 뭐하고 있었어?

─아무것도 안 했는데?

동생은 연방 하품을 해 댔다. 하품 연기 하나는 타의 추종을 불허했다.

─내 MP3 만지지 않았어?

─난 자고 있었는데…….

─사실대로 말 안 해? 너 고래고래 소리 지르면서 노래했지?

─진짜야. 자고 있었어.

─너 거짓말이었다간 봐.

난 내 방에 들어가 녀석의 흔적을 찾았다. MP3는 내 책상 한쪽에 얌전히 놓여있었다. 늘 놓던 자리였다. 녀석, 보기보다 용의주도하다.

─앞으로 내 거 만지다 걸리면 죽을 줄 알아.

나는 매섭게 노려보며 말했다.

─당연하지.

동생은 또 하품을 하며 고개를 끄덕였다. 왜 새삼스럽게 그런 말을 하냐는 듯한 태도였다. 입을 쩍 벌리고 하품을 하는 시늉을 했지만 지렁이 같은 눈썹이 움찔하는 것을 나는 목격했다. 꽤씸했지만 그냥 넘어갈 수밖에 없었다. 증거가 불충분했다.

나는 씩씩거리며 소파에 앉아 TV를 켰다. 케이블 TV까지 채널을 모조리 돌려 봤지만 재미있는 게 하나도 없었다. TV는 작정하고 보려고 하면 늘 볼 게 없었다. 거실을 얼쩡거리는 돼지 같은 녀석만 눈에 거슬렸다. 결국 나는 방으로 들어와 버렸다. 소파를 내줄 때마다 어쩐지 저 녀석 때문에 내가 자꾸 밀려나는 것 같은 더러운 기분이 들었다. 침대에 벌러덩 누웠다. 할 일도 없는데 잠이나 잘까?

이전에는 늘 시간에 쫓겼다. 정해진 시간표대로 공부를 하다 보면 하루가 후딱 지나갔다. 나는 시간표를 꽤 빽빽하게 짰기 때문에 딴생각을 할 겨를도 없었다. 정확하게 말하자면 딴생각을 하지 않기 위해 빽빽하게 짠 것이었다. 이제 아무것도 할 게 없어지자 공백들이 생겨났다. 머릿속에도, 생활에도, 시간에도 빈자리가 뻥뻥 뚫렸다. 공백들을 메우려고 나는 잠을 잤다. 신기하게도 잠이 계속 왔다. 이번에도 잠에 빠져들려는 순간, 휴대폰이 울렸다.

−여보세요.

나는 비몽사몽간에 전화를 받았다.

−나야, 수진이.

수진이? 얘가 왜 이렇게 친한 척을 하는 거지? 언제부터 우리가 이렇게 가까웠다고…… 이전에는 이렇지 않았다. 희주랑 늘 붙어 다니면서 선심 쓰듯 나를 간간이 껴 주더니.

−혜윤아, 지금 좀 나올 수 있어?

-왜? 너 빨간색 스키니진하고 잘 안 됐어?

-말도 마. 희주한테 관심이 있었는지 파트너 나눠서 갈라지고선 얼마나 재수 없게 굴던지…….

-어쨌길래?

-전화로 말하긴 좀 그렇고. 너 좀 나올래? 나 너네 아파트 단지 앞 맥도널드에 있는데.

막 잠이 들려는 순간에 걸려 온 전화라 좀 귀찮았지만, 나는 수진이를 만나기 위해 일어났다. 이유는 한 가지였다. 내겐 시간이 너무 많았다. 지금 잠을 자면 밤에 잠이 안 올지도 모른다. 나는 왜 공부를 못하는 애들이 몰려다니는지 이해할 수 있었다. 시간이 너무 많은 것이다. 아까도 말했지만 시간이 많으면 TV도 무지 지루하다.

나는 수진이와 맥도널드에서 만나 햄버거를 먹고 할 일 없이 거리를 싸돌아다녔다. 혼자서 거리를 배회한 적은 여러 번 있었지만 누구와 함께 걸은 것은 처음이었다. 수진이는 옷 가게를 지날 때마다 기웃거리고, 화장품 가게에서 나눠 주는 샘플은 꼭 챙겼다.

-너 그거 다 쓰니?

-아니.

-그럼 왜 그렇게 꼬박꼬박 챙겨?

-공짜잖아.

-넌 어린애가 왜 그렇게 공짜를 좋아하니?

-네 눈엔 내가 어린애로 보이니?

-아직 성인은 아니잖아. 그렇다고 나이보다 조숙한 스타일

도 아니고.

—네가 날 잘 몰라서 하는 소리야. 사람들은 소녀가장이 불쌍하다고들 하는데, 난 내가 더 불쌍한 거 같다. 인생이 너무 무겁다.

수진이가 한숨을 푹 쉬었다. 아주 양쪽 어깨에 벽돌을 열 개씩 쌓았다.

—울 엄마 아빠는 정말 매일 싸운다. 차라리 이혼을 하든지.

이혼이라는 말을 이렇게 쉽게 내뱉다니, 얜 아직 어리다. 대꾸해 주기도 귀찮아서 나는 코웃음을 치고 말았다.

—자전거 탈래?

수진이가 말했다.

—자전거?

—자전거 빌려 주는 데 알고 있어.

—그래, 할 일도 없는데 타지 뭐.

자전거를 타고 돌아다니다 밤늦게 집으로 돌아왔다. 동생은 코미디 프로그램을 보고 있었다.

—누나, 이제 와? 저녁 먹었어?

—상관 마.

무뚝뚝하게 말하고 돌아서려는데 내 자신이 좀 유치하다는 생각이 들었다. 녀석에게 화풀이를 하는 것이 지겹기도 했다. 그건 재미도 없고, 하면 할수록 기분만 나빠지는 일이었다. 알면서도 쉽사리 멈춰지지 않았다.

—넌 먹었어?

이건 또 무슨 친절일까. 나도 내 자신의 변덕을 알 수 없었다.

　―응. 아빠랑 치킨 시켜 먹었어.

　―아빠랑? 아빠가 벌써 왔어?

　―응. 지금 자고 있어. 안방에서.

　고개를 갸웃하고 돌아서려는 순간, 희미한 술 냄새가 났다. 부엌에서 나는 냄새는 아니었다. 그건 가까이서, 그러니까 나를 보고 이야기를 하는 녀석의 입에서 풍기는 냄새였다.

　―너, 술 마셨지?

　나는 동생을 짝 째려보며 말했다.

　―아니, 아냐. 안 마셨어.

　동생이 다급하고 과장되게 손사래를 치며 말했다.

　―거짓말 마. 너한테서 술 냄새나.

　나는 차갑게 쏘아붙이고 방으로 들어갔다. 어차피 동생이 술을 마셨거나 말거나 관심도 없었다.

　잠자리에 누워 눈을 감았다. 잠이 오는 대신 머리가 점점 더 맑아졌다. 감은 눈꺼풀 속으로 우주가 흐르는 듯한 아득한 기분이 들었다. 우주는 공허하고 쓸쓸하고 스산했다. 나는 우주 미아가 된 것 같았다.

　나는 희주와 수진이와 어울려 다녀야겠다고 생각했다. 그러면 시간이 아주 빨리 흘러갈 것 같았다. 아무 생각도 없이. 아무 갈등도 없이. 그러다 보면 어른이 되겠지.

6. 달팽이처럼

처음으로 독서실이라는 곳에 갔다. 열심히 공부하기 위한 최적의 장소를 찾아간 것은 아니었다. 수진이와 희주가 가자고 해서 같이 갔다. 한빛독서실이었다.

희주와 수진이가 독서실에 가는 이유는 대학생 총무 오빠가 잘생겼다는 소문을 들었기 때문이었다. 희주와 수진이가 남자들을 찾아다니는 이유는 40년 전통을 자랑하는 우리 학교가 근방에서 유일한 여자 고등학교이기 때문이다. 이런 한심한 짓을 따라하다니, 나는 점점 더 바보가 되고 있었다.

독서실은 낡고 빛바랜 5층짜리 건물 3층에 있었다. 치과, 피부 미용실, 수학 학원, 베이커리, 분식집 등등을 알리는 때 묻고 촌스러운 간판들 사이에서 한빛독서실 간판만 반짝반짝 빛이 났다. 간판을 새로 단 지 얼마 안 된 모양이었다. 간판만 새 것이지, 독서실은 낡고 오래되어 입구에서부터 퀴퀴한 냄새가 났다.

　―여길 꼭 들어가야겠니?

유리문 앞에서 나는 코를 틀어막았다.

　―유난 좀 떨지 마. 여기까지 와서 포기할래?

수진이가 내 등을 떠밀었다. 희주는 대꾸하기도 귀찮다는 듯 짜증스런 표정으로 나를 째려보았다. 나는 더 이상 불평하지 않고 순순히 따라 들어갔다.

놀랍게도 카운터에 앉아 있는 총무 오빠는 꽤 멋있었다. 웬만해선 남자의 외모에 흔들리지 않는 나도 인정할 수밖에 없었다. 지적이고 깔끔한 이미지에 단정한 헤어스타일이 애들은 물론 엄마들의 마음까지 잡기에 안성맞춤이었다. 총무 오빠는 명문 K대학 이름이 쓰여 있는 후드티를 입고 있었다.

우리는 일주일 치 선불을 내고 등록했다. 독서실은 여학생실과 남학생실이 나눠져 있었다. 책상마다 칸막이가 붙어 있는 여학생실에는 열 명 가량의 학생들이 공부를 하고 있었다.

　―모두 우리의 라이벌들이야.

희주가 우리를 보며 말했다.

보진 못했지만 남학생실은 텅텅 비어 있을 것 같았다.

한 시간쯤 자리에 앉아서 공부를 했다. 공부를 끊은 지 한 달이 넘었기 때문에 공부한다는 게 새삼 어색했다. 아무것이나 들고 나온 게 수학 정석이었다. 나는 심심풀이로 몇 문제 풀어 보았다. 한 달은 머리가 녹슬기에는 짧은 기간이었다. 나는 어렵지 않게 문제들을 풀어 나갔다. 공부에 속도가 붙으려는 순간, 희주가 문자를 보내왔다.

–잠깐 나와.

그러면 그렇지.

희주나 수진이 같은 애가 한 시간 이상을 책상에 앉아 버틴다는 것은 불가능했다. 어차피 공부를 하러 온 것도 아니니까, 나는 순순히 밖으로 나왔다. 희주와 수진이는 이미 복도에 나와 총무 오빠의 옆모습을 훔쳐보고 있었다. 총무 오빠는 꽤 두꺼워 보이는 책을 읽고 있었다. 영어로 된 전공 서적 같았다. 나를 발견한 희주가 내 손목을 끌고 밖으로 나왔다.

–총무 오빠 멋지지?

희주가 다짜고짜 물었다. 잘난 척하며 시큰둥한 반응을 보여 봤자 속이 다 들여다보일 것 같아 솔직하기로 작정했다. 인정할 건 인정해야 진짜 쿨한 거다.

–그래.

–너도 그렇지?

이번엔 희주가 수진이에게 물었다.

–물론.

수진이의 목소리는 감격에 차 있었고 눈에서는 큼지막한 하트가 튀어나올 지경이었다.

–우리 칼부림 나기 전에 한 사람에게 몰아주자.

희주가 비장한 목소리로 말했다. 이건 또 무슨 오버인가. 나는 기가 막혀서 할 말을 잃었다.

–어떻게?

수진이가 물었다.

-쉽게 가자.

희주가 말했다.

-좋아.

수진이가 말했다.

-너는?

희주가 나를 향해 물었다.

고개를 끄덕였다. 어떻게 하나 두고 볼 생각이었다.

-이리 앉아.

희주가 빈 벤치를 가리켰다.

-제일 불쌍한 사람에게 양보하기로 하자.

희주가 말했다.

나도 모르게 피식 웃음이 나왔다. 희주는 생각하는 게 일관성 있게 단순했다. 희주가 나를 찍 째려보았다. 수진이가 쿡 찔렀다. 나는 웃음을 멈췄다.

-너부터 말해.

희주가 나에게 말했다. 거의 명령조였다. 그만큼 진지하다는 것을 보여 주고 싶은 모양이었다.

-우리 부모는 5년 전에 이혼했어.

본의 아니게 나는 우리 집 가족사를 털어놓았다.

-요즘 이혼이 뭐 별거냐? 난 차라리 우리 엄마 아빠가 이혼했으면 좋겠다.

희주가 땅바닥에 침을 탁 뱉으며 말했다. 그런 식으로 분위기를 눌러 보려는 듯 한껏 불량한 척을 했다. 그러고는 한숨을 한 번 몰아쉬고 이야기를 시작했다. 희주의 이야기는 이러했다.

희주 아빠는 매일 술을 마시고 돌아와 시비를 건다. 희주 아빠가 시비를 거는 방식은 잠을 재우지 않는 것이다. 희주 아빠는 희주와 동생 희철이를 앉혀 놓고 밤새 연설을 한다. 연설 내용은 반복된다. 했던 얘기를 하고 또 하는 동안 희철이는 꾸벅꾸벅 졸다가 걸리곤 한다. 그러면 희주 아빠는 처음부터 이야기를 다시 시작한다. 그걸 막으려고 희주는 희철이를 지켜보고 있다가 희철이의 고개가 떨어지려는 순간에 꽉 꼬집어 버린다고 한다. 희철이가 너무 아파서 찔금찔금 눈물을 흘리면 희주 아빠는 반성을 하는 줄 알고 풀어 주기도 한다.

희주 아빠는 희주 엄마는 건드리지 않는다. 희주 엄마가 희주 아빠 보다 기가 더 세기 때문이다. 희주 엄마는 진짜 사납게 생겼다고 한다. (그건 수진이가 인정해 줬다. 희주만 봐도 짐작이 간다.) 눈빛부터가 일반 사람들과는 다르다고 한다. 슬쩍 봐도 확실히 카리스마가 느껴진다고 한다. 희주 엄마가 아빠보다 키도 더 크고 덩치도 더 크고 힘도 더 셌다면 희주와 희철이까지도 건드리지 못하게 했을 거라며 희주는 아쉬워했다. 안타깝게도 희주 엄마의 키는 149센티미터라고 한다.

―만일 우리 엄마와 아빠가 이혼을 한다면 나는 당연히 엄마랑 함께 살 거야. 물론 기가 센 엄마에게 잡혀 사는 게 번번이 짜증은 나지만 그래도 잠은 푹 잘 수 있으니까. 그건 고민할 문제도 아니지.

희주가 이야기를 마쳤다.

―그게 다야?

수진이가 김빠진다는 듯이 물었다.

―왜, 이걸로 부족해? 너 잠 못 자는 고통이 얼마나 큰 줄 아니? 고문도 그런 고문이 없다.

희주가 불안한지 커다란 목소리로 빡빡 우겼다.

―넌 왜 그런 눈으로 쳐다보니?

희주가 괜히 나에게 시비를 걸었다.

―아니, 그냥. 신기해서.

―뭐가?

―잠 못 잔 애치고는 키가 너무 크잖아. 더군다나 엄마는 149센티미터라며…….

―울 아빠가 185센티미터야. 딸은 아빠 닮는 거 모르니?

―그럼 네 남동생은?

―반에서 제일 작아. 여자 남자 다 합쳐서.

수진이와 나는 그제야 고개를 끄덕였다. 그 부분이 가장 슬프다는 듯이.

―이제 네 차례야.

희주가 뾰족한 턱으로 수진이를 가리켰다.

―몇 시간 잠을 못자는 걸 고통스럽게 생각하다니……. 그렇게 때울 수만 있다면 나는 하루에 한 시간만, 아니 일주일에 한 시간만 자야 한다고 해도 견딜 수 있을 거다.

수진이가 말했다.

―우리 아빠랑 우리 엄마는 일 년 내내 냉전이다. 정말 집에 들어가 봤자 찬바람만 쌩쌩 불고, 온기라고는 찾아볼 수가 없

어. 그러려면 헤어지지 왜 같이 사는지 몰라.

수진이의 목소리가 부들부들 떨렸다. 생각만 해도 치가 떨리는 모양이었다.

—하여간 난 두 사람이 이혼하면 누굴 쫓아가야 할지 모르겠어. 누구하고도 같이 살고 싶지 않으니까.

이번에는 수진이가 땅바닥에 침을 뱉었다. 그게 뭐 유행이라도 되는 것처럼.

잠시 침묵이 흘렀다. 고개를 갸웃하더니 희주가 내게 물었다.

—너희 엄마 아빠 이혼했다고 했지?

—응.

—그럼, 너는 누구랑 살아?

—아빠랑.

—왜?

—엄마가 죽었거든.

—언제?

—두 달쯤 전에.

길게 설명하기도 귀찮아서 나는 결론만 알려 줬다. 또다시 침묵이 흘렀다. 이번에는 좀 더 길었다. 수진이와 희주가 믿을 수 없다는 얼굴로 나를 뚫어지게 바라봤다.

—너 괜찮아?

수진이가 물었다.

—응.

나는 덤덤히 말했다. 아이들은 여전히 나를 관찰했다. 내 말을 믿어야 하나 말아야 하나 고민하는 표정으로.

희주가 눈을 짝 찢으며 나를 째려보았다.

─졌다, 졌어. 너 다 가져라. 아무리 남자가 좋아도 그렇지, 멀쩡한 엄마를 죽여? 미친년.

그래서 총무 오빠는 내 차지가 되었다. 나는 엄마를 잃은 대가로 총무 오빠를 얻었다.

그 후로 희주는 독서실에 나타나지 않았다. 공부 못하는 애들이 으레 그렇듯이 '의리' 면에서는 뛰어난 애였던 것이다. 대신 다시 화실 오빠에게 목숨을 걸었다. 나와 수진이도 의리를 지키기 위해 화실 오빠 선물을 사러 함께 돌아다녀야 했다. 참 쓸데없는 짓을 하는구나, 싶으면서도 나도 모르게 이 애들에게 물들어 갔다.

차바람을 맞으며 밤거리를 걸어가는 것도 나쁘지 않았다. 얼굴이 벌게졌지만 가슴속이 확 트이는 것 같았다. 자꾸 들어 보니 애들이 하는 얘기가 재밌기도 했다. 애들이 말하는 드라마와 코미디 프로그램이 궁금해서 찾아보기도 했다. 주말이면 개그콘서트를 봤다. 그래도 개그맨을 흉내 내지는 않았다. 그건 내 마지막 자존심이었다.

우리 학교는 고1은 야간 자율 학습이 자유 선택 조항이었다. 나는 이제 자율 학습을 하지 않았다. 그래도 저녁을 집에서 먹는 일은 거의 없었다. 주로 희주와 수진이와 거리에서 해결했다. 떡볶이를 사 먹고, 피자를 사 먹고, 어떤 때는 정말 희귀하게 생긴 닭발을 사 먹었다. 닭발은 먹기 싫었지만 의리 없다는 얘기를 듣고 싶지 않아서 억지로 삼켰다. 내가 이렇게 의리에 목숨을 걸게 될 줄은 정말 몰랐다. 이따금 이러다 쟤들처럼 바보가 되면 어쩌나 걱정이 되기도 했다.

그래서 동생이 뭘 하면서 지내는지 나는 전혀 알지 못했다.

알 게 뭐야. 그게 뭐, 내 책임은 아니잖아?

오히려 동생은 내가 집에 없는 게 편할 것이다. 눈치 안 보고 먹고 싶은 거 다 찾아 먹고 제 세상인양 소파에 벌러덩 드러누워 TV 채널도 맘대로 돌릴 수 있을 테니까.

수진이는 한동안 나와 함께 독서실에 다녔지만, 곧 끊었다. 워낙 공부에 취미가 없었다. 나는 아이들과 헤어진 후에 대부분 독서실에 갔다. 별 뜻은 없었다. 공부 때문도 아니었고, 총무 오빠 때문도 아니었다. 그건 그냥 관성 같은 것이었다.

동생이 온 뒤 나만의 공간이 사라졌다. 집에는 늘 동생의 냄새와 동생이 틀어 놓은 TV 소리가 떠다녔다. 내 방에 틀어박혀 있어도 동생의 존재가 느껴졌다. 눈치를 보는 건 동생인데 동생보다 내가 더 불편했다. 독서실에 가게 되면서 나는 다시 나만의 아지트를 갖게 되었다.

–안녕?

총무 오빠는 늘 내게 그렇게 인사했다. 크지도 작지도 않은 목소리로. 총무 오빠는 여전히 멋있었다. 세련되고 어른스러웠다. 그에게서는 유치하다거나 가볍다는 것을 느낄 수 없었다. 그는 대학생이었다. 우리가 모르는 세계를 알고 있을 것 같았다.

나는 한때 총무 오빠가 다닌다는 명문 K대에 들어가고 싶었던 적이 있었다. 그곳은 우리 엄마와 아빠가 나온 대학보다 더 좋은 대학이었다. 보란 듯이 합격 통지서를 들고 미국에 갈 생각이었다. 이제는 가고 싶어도 갈 수 없는 대학이 되었다.

나는 공부하는 페이스를 잃어버렸다. 자전거 타기나 수영은 한번 배우면 한동안 하지 않아도 마음만 먹으면 언제든지 다시 할 수 있다는데, 공부는 그렇지 않았다. 두 달도 채 안 되었는데 나는 통 공부를 할 수 없었다. 책을 펼치는 순간 딴생각에 빠졌고, 금세 온몸의 힘이 빠져나갔다. 무기력하다는 게 이런 거구나 싶었다. 중간고사에서 나는 반 등수가 무려 7등이나 떨어졌다. 담임은 나를 노려보고 째려보고 흘겨보고 난리를 쳤지만, 정작 나는 그 정도의 등수가 나온 것도 신기했다. 성적도 관성의 법칙이 작용하는 모양이었다. 물론 당분간이겠지만.

기말고사 때는 더 놀라운 성적으로 담임의 눈을 아예 사팔뜨기로 만들어 버리게 될지도 모른다. 하지만 이것만은 알아줬으면 좋겠다. 절대로 개인적인 감정이 있어서 그런 것은 아니라는 걸.

독서실에 오면 나는 늘 같은 패턴으로 행동했다. 행동이라는 말을 쓰기도 뭐한 게 나는 칸막이가 되어 있는 내 전용 책상을 조금도 벗어나지 않았다. 책상은 가로, 세로, 높이가 모두 1미터도 안 되는, 이따금 명절에 선물로 들어오는 사과 상자 두 개를 붙여 놓은 정도였다. 그 속에 달려 있는 형광등을 30분쯤 바라보는 게 내 첫 번째 행동이었다. 얼마 안 있어 눈알이 빠질 것처럼 시려 왔지만, 나는 고집스럽게 30분을 견뎠다. 무슨 신성한 의식이라도 치르는 것 같았지만, 아무 의미도 없었다. 책상 위에는 아무것도 없거나, 아무 책이나 연습장 같은 게 펼쳐져 있었다. 그것 또한 아무 의미가 없었다.

30분이 지나면 온몸이 노곤해지고 눈꺼풀이 무거워졌다. 나는 팔을 베고 누워 한 시간 반을 잤다. 신기하게도 더 자지도 덜 자지도 않았다. 딱 그만큼만 잤다. 자고 나면 책상 위에 침이 고여 지름 3센티인 원이 만들어져 있었다. 잠에서 깨면 팔다리가 저렸기 때문에 나는 10분 동안 기지개를 펴고 스트레칭을 하며 몸을 풀었다. 그게 세 번째 행동이었다. 그리고 천천히 짐을 챙겨 집으로 돌아갔다.

—가니?

카운터에서 두꺼운 영어 책을 보고 있던 총무 오빠의 대사도 늘 같았다.

—네.

—잘 가.

총무 오빠가 밤 인사를 했다. 크지도 작지도 않은 목소리로. 나는 꾸벅 고개를 숙이고 낡고 오래되어, 열 때마다 끼익 소리를 내는 유리문을 열고 나왔다.

나는 달팽이가 된 듯한 기분이 들었다. 달팽이처럼 느리게 살아가고 있었다. 독서실 책상은 내 달팽이 집이었다. 거리를 걸으며 나는 달팽이처럼 하품을 쩍쩍해 댔다. 날씨가 빠르게 차가워졌지만 걸음을 재촉하는 일은 없었다. 나는 달팽이로서

의 본분을 잊지 않았다. 그렇게 두 달을 독서실에 다녔다. 겨울
잠을 자는 달팽이처럼.

　달팽이는 겨울잠을 자지 않던가? 알 게 뭐야.

7. 나에게도 친구가 생기다니, 기적이다

미팅에서 만났던 윤정훈을 우연히 길에서 만났다.

-이혜윤, 어디 가냐?

윤정훈이 내 뒤통수에 대고 소리를 질렀다. 무식하게 길거리에서 남의 이름을 마구 불러 대다니……. 맘 같아선 뒤도 안 돌아보고 사라지고 싶었지만 그랬다간 못 들은 줄 알고 더 큰 소리로 불러 댈 것 같았다. 나는 뒤돌아서서 짜증스럽게 말했다.

-어디 가긴, 집에 가지.

-참, 너 이 동네 살지?

윤정훈이 해맑은 얼굴로 물었다. 나는 하나 마나 한 질문에 대한 대답은 생략했다.

-농구해?

나는 윤정훈의 손에 들려 있는 농구공을 보며 물었다. 하긴 이것도 하나 마나 한 질문이었다. 윤정훈은 대답 대신 농구공을 손가락으로 빙빙 돌리며 묘기를 보여 주었다.

－이렇게 추운데?

－야, 운동하는 데 계절이 어딨냐.

－근데 왜 키가 안 컸어?

나는 윤정훈의 작은 키를 훑어보며 물었다.

－넌 원래 그렇게 잔인하냐?

내 시선을 의식한 윤정훈이 내게 알밤을 먹이며 말했다. 11월이라 제법 추웠는데도 윤정훈의 머리카락은 땀에 젖어 있었다.

－키 크려고 하는 거야?

－그래. 이제 속이 후련하냐.

－언제부터?

－고등학교 입학하면서부터.

－그전에는 안했어?

－그전에는 축구만 했지.

－고2면 다 큰 거 아냐?

－우리 집안 남자들은 늦게 큰다고 했어. 지금부터 대학교 가서까지 쭉 클 거야.

－그러다 안 크면?

－아주 초를 치는구나. 걱정 마라, 클 테니까. 우리 할아버지는 군대에 가서 10센티미터가 컸고, 우리 삼촌은 대학교 2학년 때까지 컸단다.

－너네 아빠는?

-우리 아빠도 정상적으로는 무지 컸을 텐데 안타깝게도 어려서 다치는 바람에 못 크셨다.

　-너네 엄마는?

　-너, 우리 집 신체 발육 조사 나왔냐?

　-하긴, 네가 크거나 말거나 나하고 무슨 상관이 있다고.

　우리는 잠시 나란히 걸어갔다. 별로 할 말이 없어서 그냥 걸었다.

　-햄버거 먹고 갈래?

　윤정훈이 물었다. 갑자기 배가 고팠다.

　-돈은 누가 내는데?

　-이 오빠가 사 주지.

　오빠라는 단어가 시답지 않았지만 돈을 내준다니 참았다. 요즘 수진이와 희주랑 싸돌아다니고 독서실에 다니느라 용돈이 부족했다. 윤정훈은 햄버거와 함께 우유를 시켰다. 콜라 대신 우유를 먹는 모습을 보니 엄청나게 느끼할 것 같았다.

　-여자애들은 키 큰 남자들만 좋아하지?

　-뭐, 꼭 키 큰 남자들만 좋아하는 건 아니지만, 이왕이면 작은 것보단 큰 게 낫잖아.

　나는 햄버거를 열심히 먹으며 말했다. 윤정훈이 한숨을 푹 쉬었다. 대학교 가서까지 클 거라고 자신만만하더니 내심 걱정이 되는 모양이었다.

　-그래도 결혼은 할 수 있을 거야. 우리 사촌 오빠도 160센티미터가 겨우 넘는데 작년에 결혼했어.

　나는 선심을 쓰듯 알려 줬다. 햄버거 값을 내준 것에 대한 예의이기도 했다.

－여자 예뻐?

윤정훈이 눈을 반짝이며 물었다.

정말 생각한다는 거라곤, 한심해서. 겨우 예쁜 여자랑 결혼하고 싶어서 키에 목숨을 걸다니. 나는 짜증이 나서 이렇게 대답해 줬다.

－미워. 미워. 못생겼어.

－미우면 미웠지 왜 짜증이냐?

－여자들이 키 큰 남자 좋아하는 거 하나도 욕할 거 없어. 남자들은 여자 얼굴만 밝히잖아.

－누가 얼굴만 밝힌 댔냐? 그냥 궁금해서 물어본 거지.

－남의 여자 얼굴이 왜 궁금한데?

－됐어, 됐어. 햄버거나 먹어라. 괜히 신경질이야.

우리는 잠자코 햄버거를 먹었다. 윤정훈도 나도 괜히 뿔이 나 있었다. 햄버거를 다 먹고 난 뒤에는 감자튀김을 먹었다. 윤정훈은 우유를, 나는 콜라를 다 마셨다. 더는 먹을 게 남아 있지 않자 괜히 어색했다. 불쑥 윤정훈이 입을 열었다.

－너 좀 달라진 거 같다.

－또 무슨 시비를 걸라고?

－시비가 아니라…… 분위기가 달라졌어. 꼭 딴사람 같아.

나는 아무 대답도 하지 않았다. 윤정훈은 나를 계속 살펴보았다. 윤정훈의 시선이 내 옷차림을 훑고 있었다. 나는 희주와 수진이와 길거리에서 산 싸구려 옷들을 입고 있었다. 예뻐서 입은 게 아니라 재미로 입은 것이었다. 이를테면 하의 실종 패

션이었다. 옷차림을 훑고 난 뒤에는 내 헤어스타일을, 화장을
한 얼굴을 훑었다. 그러더니 내 눈을 응시하며, 결론을 내렸다.

　─나도 한심하지만 너도 참 한심해 보인다.

　나는 눈에 힘을 주고 째려보았지만, 어쩐지 반박할 수가 없
었다. 내가 생각해도 내가 한심했다. 어설픈 옷차림과 어설픈
화장이 창피했다. 그렇다고 모범생 행세를 했던 이전의 나로
돌아가고 싶은 마음은 추호도 없었다. 그것도 내 모습이 아니
었다. 그럼, 나는 누구인 거지?

　내가 누구든, 어떤 게 내 진짜 모습이든 상관하고 싶지 않았
다. 다 귀찮았다.

　수진이는 세 곡째 열창 중이었다. 수진이는 웬만해선 노래
방 마이크를 내놓지 않았다. 나야 워낙 아는 노래가 별로 없어
서 상관없지만, 희주도 수진이를 그냥 내버려 두는 게 신기했
다. 겉으로 보면 희주가 훨씬 더 잘 놀 것 같지만, 알고 보니 수
진이가 노는 걸 더 좋아했다. 확실히 사람은 겉모습만 보고 판
단해서는 안 된다.

　─나 탈선하고 싶다.

　희주의 귀에 대고 내가 말했다. 희주는 군데군데 더러운 얼
룩이 묻어 있는 소파에 널브러져 팝콘만 집어 먹고 있었다.

　─뭐라고? 뭐 하고 싶다고?

　수진이가 꽥꽥거리는 통에 제대로 듣지 못한 희주가 얼굴을
찡그리며 되물었다.

　─탈선.

나는 입 모양을 크고 또렷하게 만들어 발음했다.

—미친년.

희주가 대꾸할 가치도 없다는 표정을 지었다.

—왜? 혜윤이가 뭐라고 했는데?

노래를 부르다 말고 수진이가 참견을 했다. 입을 마이크에 댄 채로 물어서 목소리가 왕왕 울렸다.

—얘가 탈선하고 싶단다.

—너 왜 그래? 너 너무 갑자기 변하는 거 같아.

수진이가 노래방 기계를 정지시키고 다가왔다. 수진이가 걱정스러운, 그러나 호기심을 숨길 수 없는 눈빛으로 말했다.

—탈선을 작정하고 하는 사람이 어디 있냐. 그런 각오를 했다는 것부터가 글렀어. 그건 자연스럽게 해야 하는 거야. 피가 흘러야 하는 거지.

희주가 말했다, 가소롭다는 듯이.

—야, 너 이전의 너를 생각하면 지금도 엄청 탈선한 거야.

수진이가 덧붙였다.

—아니, 이런 거 말고. 진짜 탈선 말이야.

—탈선은 아무나 하는 줄 아냐?

말은 그렇게 했지만 희주는 우리를 생맥주집에 데리고 갔다. 알고 보면 희주도 제대로 된 탈선은 할 줄 모르는 애였다. 기껏해야 생맥주집이 다였다.

'레인보우'라는 생맥주집은 희주가 다니는 화실 근처에 있었다. 테이블을 차지하고 있는 사람들 중에는 아빠 같은 아저씨들도 있었다. 그런 아저씨들과 한 공간에 있다고 생각하니, 갑자기 팍 늙고 추해진 느낌이 들었다. 하지만 이왕 마음먹은 일을 되돌릴 생각은 없었다.

희주 말로는 화실 다니는 애들이 단골로 이용하는 곳이라고 했다. 아닌 게 아니라 화실 오빠와 친구들이 이미 얼굴과 눈이 시뻘게진 채로 맥주를 들이켜고 있었다. 희주는 원래 예술가들은 어려서부터 술을 즐겨 마신다고 했다.

—합석할래?

희주의 입은 묻고 있었지만 걸음은 이미 화실 오빠의 테이블로 향하고 있었다. 우리는 화실 오빠와 그의 일행과 함께 어울렸다. 희주는 화실 오빠 옆에 딱 붙어서 속닥거리며 장난을 쳤다. 수진이는 수줍어하면서도 할 건 다 했다. 치킨을 야금야금 뜯어 먹고 맥주를 홀짝거리면서 두 명의 남자애들과 깔깔 웃고 시시덕거렸다. 나는 생전 처음으로 크고 무거운 잔에 든 생맥주를 마셔 보았다. 맛이 없었지만 계속 마셨다. 취한다는 게 어떤 것인지 궁금했다.

—야, 좀 적당히 마셔.

걱정스러운 얼굴로 희주가 말했다.

—나 괜찮은데.

말은 그렇게 했지만 혀가 꼬여서 발음이 엉망이었다.

—안 되겠다. 우리 먼저 일어날게.

희주가 내 팔을 잡아끌며 일으켜 세웠다. 다리가 흔들려서 나는 제대로 걷지 못했다. 수진이와 희주가 욕을 해 대며 나를 부축했다. 가게 밖으로 나오자마자 나는 모든 것을 게워 냈다. 더러운 오물들이 가게 앞에 수북이 쌓였다.

-거기, 뭐야!

레인보우의 문이 열리고 굵직한 고함 소리가 들려왔다.

-야, 뛰어.

희주가 내 팔을 붙잡고 뛰기 시작했다. 어찌나 빨리 달리는
지 나는 두 번이나 넘어질 뻔했다. 차가운 밤바람이 얼굴을 사
정없이 때려 댔다. 덕분에 나는 조금씩 조금씩 술기운에서 깨
어났다. 우리는 근처 초등학교 운동장으로 들어갔다. 어두운
벤치에 앉아 숨을 골랐다. 밤기운이 차가웠다.

-아우, 이 화상아. 내가 어쩌다 이런 꼴통을 친구로 둬서
는…….

희주가 골치 아프다는 듯이 푸념을 했다.

친구?

술기운에도 친구라는 단어가 귓속을 파고들었다.

희주가 내 친구인가? 희주는 나를 친구로 생각하는가 보지?

나는 희주와 수진이와 세 달 동안 어울려 다녔지만 친구라고
생각해 본 적은 없었다.

수진이가 내 어깨를 감싸 안았다. 수진이에게서 이상한 소
리가 났다. 수진이가 울고 있었다.

-너 왜 울어?

나는 수진이를 바라보며 물었다.

-네가 너무 불쌍해서.

-내가 왜 불쌍해?

-엄마가 죽었잖아. 그래서 너 자꾸 이러는 거잖아.

수진이가 울자 나는 민망한 기분이 들었다. 다행히 눈물이

나오지는 않았다. 눈물이 나왔다면 정말 창피했을 것이다.

―늦었다. 집에 가자.

나는 어색한 분위기를 깨뜨리기 위해 화제를 돌렸다.

―우리 찜질방에서 자고 가자.

희주가 말했다.

―그래, 재밌겠다.

수진이가 언제 울었냐는 듯이 밝게 말했다. 나는 다른 사람과 함께 목욕을 하고 함께 자 본 적이 없어서 망설여졌지만, 고개를 끄덕였다.

수진이는 희주네 집에서, 희주는 수진이네 집에서 자고 간다고 둘러대기 위해서 집에 전화를 걸었다. 나는 전화를 걸지 않았다.

우리는 찜질방에서 미역국을 사 먹었다. 생일도 아닌데 미역국을 먹으니 다시 태어나는 것 같은 기분이 들었다.

찜질방에 누워 눈을 감았지만 잠이 오지 않았다. 한 번도 만난 적 없는 사람들이 여기저기에 마구 널브러져 자고 있었다. 코를 고는 사람, 쩝쩝대는 사람, 뒤척이는 사람, 시간이 지나도 잠잘 생각은 않고 떠들어 대는 사람, 늦은 밤에도 여전히 먹어 대는 사람……. 도무지 이 사람들 속에서 잠을 잘 수 있을 것 같지 않았다. 신기하게도 수진이와 희주는 이미 곯아떨어졌다. 참 속 편한 애들이다. 그런데 신기한 게 또 있다. 입을 헤벌리고 자는 희주와 이빨을 갈아 대는 수진이의 모습이 귀여워 보였다. 어떻게 그럴 수가 있지?

나를 서슴없이 친구라고 말한 희주와 나 때문에 눈물을 흘린 수진이. 나에게도 친구가 생긴 걸까? 신에게도 양심은 있는가보다. 엄마를 데려간 대신 친구를 보내 준 걸 보면.

간신히 잠이 들었는데 휴대폰이 울렸다.

―뭐야. 매너 없게. 진동으로 해 놨어야지. 야, 빨리 안 받고 뭐해.

수진이가 짜증난 목소리로 말하며 나를 쿡 찔렀다.

귀에 익숙한 통화음인데도 나는 설마 내 휴대폰일 것이라는 생각은 하지 못했다. 내 휴대폰이 울릴 일은 거의 없었다. 요즘 들어 사용 횟수가 좀 많아졌지만 모두 희주와 수진이었다.

―여보세요?

나는 나지막이 속삭였다.

―누나?

동생이었다. 휴대폰 창에 뜬 시간을 보니 새벽 1시 27분이었다.

동생이…… 이 시간에 나에게 전화를 걸다니…….

―여보세요? 우리 누나 휴대폰 아니예요?

내가 대답이 없자 동생의 목소리가 떨리고 높아졌다.

―맞아. 그러니까 좀 조용히 해.

나는 한 손으로 수화기를 가리며 말했다.

―누나, 거기 어디야? 왜 아직도 안 와? 혹시 나쁜 사람한테 잡혀갔어?

―애가 무슨 소리야. 여기 친구 집이야. 여기서 자고 학교로 바로 갈 거야.

-아, 정말 다행이다.

동생의 한숨을 내뱉는 소리가 수화기 너머로 들려왔다.

　-아빠는?

　-아빠는 자.

　-넌 왜 여태 안 잤어?

　-누나가 아직 안 왔잖아.

　-…….

　-이제 자야겠다. 그럼 누나 잘 자.

동생이 하품을 하며 말했다.

　-알았어. 너도 빨리 자.

　간신히 붙잡은 잠이 저만큼 달아났다. 나는 또 잠이 오지 않았다.

　열 시만 되면 곯아떨어지는 녀석이 새벽 한 시가 넘도록 잠을 자지 않았다니…….

　괜히 코끝이 찡했다. 한편으로는 아빠가 괘씸했다. 초등학생도 기다리는데 아빠는 쿨쿨 자고 있단 말이야? 정말 의리라고는 눈곱만치도 없는 인간. 그러니까 이혼이나 당하지.

8. 성장통

기말고사가 시작되었다.

나는 공부를 하지 않았지만 매일 시험이 끝나는 대로 독서실에 갔다. 우리 학교가 다른 학교보다 시험 기간이 일주일 빨랐기 때문에 독서실은 텅 비어 있었다. 시험 기간이라고 달라질 건 없었다. 나는 늘 하던 대로 30분쯤 형광등을 쳐다보다가 팔베개를 베고 잠을 잤다. 잠은 언제나 쏟아졌다. 학교가 일찍 파해서 시간이 많았기 때문에 평소보다 더 많이 잤다.

잠을 자다 문득 이상한 기운을 느꼈다. 누군가 나를 지켜보는 것 같았다. 오싹했다. 나는 벌떡 일어났다. 텅 빈 독서실 내부는 캄캄했다. 오직 내 책상을 밝히고 있는 형광등 불빛만 허옇게 빛났다. 양쪽으로 나눠져 있는 책상들 사이에 통로가 있었다. 그 통로에 누군가가 서 있었다. 어떤 남자가 나를 지켜보고 있었다.

자세히 보니 총무 오빠였다. 총무 오빠가 꽤 오랫동안 거기서 있었던 것 같은 느낌이 들었다. 어둠 속에서 총무 오빠의 눈빛이 이상하게 빛났다. 지금껏 한 번도 본 적이 없는, 낯선 눈빛이었다. 두려웠다. 나는 알 수 없는 두려움에 휩싸였다.

나와 눈이 마주쳤는데도 총무 오빠는 시선을 돌리지 않았다. 등줄기를 타고 식은땀이 흘러내렸다. 잠깐 동안 우리 중 누구도 움직이지 않았다. 서로 쏘아보기만 했다. 서로 대치하고 있는 적군처럼.

마침내 총무 오빠가 돌아서서 나갔다.

나는 가방을 쌌다. 손이 떨렸다. 책이 잘 들어가지 않았다. 필통까지 다 집어넣고 가방을 멨는데 볼펜 하나가 책상에서 데구르르 떨어졌다. 나는 볼펜을 줍지 않았다. 허둥거리며 독서실을 빠져나왔다. 다리가 휘청거렸다.

카운터에는 여전히 총무 오빠가 앉아 있었지만, 내게 '가니?'라고 묻지 않았다. 크지도 작지도 않은 목소리로 늘 하던 인사도 하지 않았다. 마치 나를 못 본 척 두꺼운 원서에 코를 박고 있었다.

나는 불현듯 총무 오빠가 실제로는 원서를 읽고 있지 않을 것 같다는 생각을 했다. K대를 다닌다는 소문도 가짜일 것 같았다. 나도 아무 말도 하지 않고 독서실을 나왔다. 다시는 독서실에 가지 않을 생각이었다.

독서실 건물을 빠져나오자마자 나는 정신없이 뛰었다. 누구도 나를 쫓아오지 않는다는 것을 알고 있었다. 그런데도 나는 뜀박질을 멈출 수 없었다. 돌부리에 걸려 넘어졌다. 스타킹에 구멍이 나고 살갗이 벗겨진 무릎에서 피가 흘렀다. 나는 넘어진 채로 멈춰 있었다. 차가운 바람이 불어왔다. 목덜미를 타고 흐르던 땀이 식으면서 한기가 느껴졌다.

다른 학교 학생들이 이제 막 학교가 끝나서 집으로 돌아가고 있었다. 나를 보며 웅성거리는 애들도 있었다. 벌떡 일어나서 가야 하는데 좀처럼 몸이 움직이지 않았다.

누군가 내게 말을 걸어왔다.

―여기서 뭐 해?

윤정훈이었다.

―넘어졌어.

―피 나네. 많이 아파?

―아니. 근데 창피해.

―그러게 조심 좀 하지. 잘난 척은 혼자 다 하더니.

윤정훈이 킬킬거리며 나를 부축해 줬다.

―너 어디 아프니?

윤정훈이 내 안색을 살피며 물었다.

―왜?

―창백해 보여. 얼빠진 것 같이 보이기도 하고.

―또 한심하다는 얘기야?

나는 눈을 흘겼지만, 독기를 뿜어내지는 못했다. 그럴 기운도 없었다.

―좀 쉬었다 갈래? 햄버거 사 줄까?

―아니.

—왜?

　—그냥 집에 갈래.

　—나 학원 가기 전에 뭐 좀 먹어야 해. 같이 먹고 가자.

　윤정훈이 내 팔을 끌고 갔다. 어쩔 수 없이 맥도널드에 들어갔다. 정말 기운이 없었다.

　—뭐 먹을래?

　—아무거나. 그냥 알아서 주문해.

　윤정훈이 불고기버거 세트 두 개를 들고 왔다. 나는 쟁반 위에 놓인 음식들을 물끄러미 바라보다 윤정훈에게 물었다.

　—우유 안 먹고 콜라 먹게?

　윤정훈은 대답 대신 씩 웃었다.

　—키 커야 되잖아.

　—이젠 그런 거 신경 안 써.

　—거짓말.

　—진짜야.

　—갑자기 왜?

　—지난주에 농구하다 발목을 삐어서 정형외과에 갔었거든. 간 김에 성장판 사진을 찍어 봤는데, 이미 성장판이 닫혔대.

　—늦게 큰다면서?

　—난 엄마를 닮았나 봐. 우리 엄마가 되게 작거든.

　—괜찮아? 키 안 커도?

　—그날 하루는 무지 우울했는데, 이젠 괜찮아. 이미 지나가 버린 일을 계속 붙들고 있을 수는 없잖아.

　윤정훈이 시선을 창밖으로 던졌다. 윤정훈은 잠시 생각에 빠졌는데 슬퍼 보이지도 그렇다고 기뻐 보이지도 않았다. 그저 담담했다. 어쩐지 이전과는 달라 보였다. 단지 며칠이 지났을 뿐인데…….

　─나를 놀리는 녀석이 있었거든. 어릴 적 친구였는데 언젠가부터 사이가 틀어졌어. 한때는 정말 친했는데. 우린 유치원, 초등학교, 중학교, 고등학교까지 동창이었거든. 물론 항상 같은 반이었던 건 아니야. 그래도 같은 동네에서 사는 동안은 거의 매일 붙어 다녔지.

　─남자애들은 뭐하고 놀아?

　질문을 하면서 나는 동생을 떠올렸다. 나는 우리가 서로 떨어져 있던 시간 동안 동생이 뭘 하면서 지냈는지 새삼 궁금했다.

　─태권도 학원도 같이 다녔고, 게임도 같이했고, 축구도 같이하고……. 여름이면 잠자리를 잡으러 온 동네를 다 휘젓고 다녔지.

　동생도 그랬을까? 미국에도 태권도 학원이 많이 생겼다는데, 동생도 태권도 학원을 다녔을까? 백인 혹은 흑인 친구와 게임도 하고 축구도 했을까? 잠자리를 잡으러 같이 싸돌아다닐 친구가 있었을까? 그러거나 말거나 무슨 상관이야. 나는 고개를 흔들어 잡념을 떨쳐 냈다.

　─그런데 왜 사이가 틀어진 건대?

　─중학교 3학년 때 내가 재개발이 된 이쪽 동네로 이사를 오게 되었거든.

　─그게 뭐?

−녀석은 이쪽 동네와 저쪽 동네는 완전히 다른 세계라고 생각했던 거지.

  −그래서 그게 뭐?

  −내가 부자들과 어울리며 변했다고 생각한 모양이야.

  −변했었어?

  −난 그렇게 생각한 적이 없는데 지금 생각해 보면 사실 그런지도 모르겠어. 그건 자신보다도 상대방의 눈에 더 정확하게 보일 수도 있는 거잖아.

  −꼭 그렇지도 않아. 상대방이 색안경을 끼고 본 것일 수도 있지.

  −네가 웬일이냐, 내 편을 다 들어 주고?

  윤정훈이 팔을 뻗어 내 머리카락을 손으로 마구 흐트러뜨리며 말했다. 자기가 무슨 큰 오빠라도 되고 내가 어린 여동생이라도 되는 것처럼 굴었다.

  −하던 얘기나 계속해 봐.

  내가 그의 손을 탁 쳐 내며 말했다.

  −생활이 변한 건 사실이었어. 우리 엄마가 이 동네 아줌마들과 어울리면서 나를 학원에 보내기 시작했지.

  −그렇다고 떼어 놓은 건 아니잖아.

  −결과적으론 그렇게 된 셈이야. 학원에 다니다 보니 그 친구랑 어울릴 시간이 없었어. 녀석이 전화를 할 때마다 수업 중이라 받지 못했고, 축구를 하자고 해도 과외시간하고 겹쳐서 거절해야 했지.

  −그래서?

—자꾸 거절당하는 게 기분이 나빴나 봐. 녀석이 나를 미워하기 시작하더군.

—혼자서만 좋아한다고 생각했겠지. 원래 사랑했던 사이가 틀어지면 증오하는 사이가 되잖아. 그래서 애증이란 말이 있는 거구.

—너 드라마 많이 봤구나?

윤정훈이 킬킬거리며 또 내 머리에 손을 대려 했다.

—아우, 쫌 어른 행세 좀 하지 마.

—내가 언제?

—내 머리에 손댈 때마다.

—아, 미안. 널 보면 자꾸 내 사촌 동생이 생각나서.

—거봐. 나를 동생 취급하고 있잖아. 도대체 걔가 몇 살인데? 나랑 동갑이야?

—걘, 일곱 살인데…….

—뭐?

나는 자리에서 벌떡 일어났다. 넘어질 때 다친 무릎이 뻐근했다. 시퍼렇게 멍이 들 모양이었다.

—미안, 미안.

윤정훈이 나를 다시 앉히며 말했다. 나는 못 이기는 척 자리에 앉았다. 뒷얘기가 좀 궁금했다.

—그래서?

—오히려 나를 따돌리더군. 학교에서 만나도 모른 척하고.

—그래서 어떻게 했어?

—내게 화가 나서 그런 줄 알면서도 나도 똑같이 했지.

—유치해.

　—알아. 그래도 그땐 어쩔 수 없었어. 나도 처음부터 그런 건 아냐. 그 녀석 기분을 풀어 주려고 애를 썼다고. 하지만 시간이 없었어. 엄마가 짜 준 스케줄대로 움직이려면. 그 애와 어울릴 시간이 없었다고. 나도 피해자야.

　—꽤 착한 아들인가 봐. 혹시 마마보이야?

　—그랬는지도 모르지. 하지만 지금은 아냐.

　—그래서 어떻게 됐어?

　—너 제법 재밌어한다.

　나는 대답 대신 햄버거를 크게 한입 베어 물었다.

　—우리는 각각 다른 아이들과 어울리기 시작했어. 녀석은 보란 듯이 덩치 크고 잘 노는 애들하고 어울렸어. 내 눈앞에서 보란 듯이 허세를 떠는데 정말 열 받더군.

　—그래서 넌 누구랑 어울렸는데?

　—난 이쪽 동네 아이들하고 어울렸지. 자연스럽게 그렇게 되더라고. 학원이며 과외며 스케줄이 같다 보니까. 어쩌면 내가 먼저 이 애들하고 어울렸는지도 몰라. 적어도 녀석의 눈에는 그렇게 비쳤겠지.

　—놀렸다는 건 무슨 얘기야?

　—녀석이 내 약점을 공공연히 떠들어 댄 거지.

　—키 말이야?

　—그래. 사실, 떠들어 대지 않아도 그건 누구나 아는 일인데……. 녀석은 그걸 농담의 재료로 삼은 거야. 말끝마다 내 키를 걸고 넘어졌지. 애들이 나를 보며 웃어 댔어. 남자애들도 여

자애들도. 그중에는 내가 좋아하는 여자애도 있었어. 그게 농담이었냐고? 적어도 녀석과 나에게 있어 그건 농담이 아니었어.

　－그건 비열하군.

　－그래. 그 행위를 한 사람이 녀석이기 때문에 더 잔인했지.

　－그때부터 농구를 시작한 거야? 콜라 대신 우유를 마시고?

　－그렇다고 볼 수 있지.

　－그래서?

　－나는 늘 또래보다 키가 작았지만, 그것 때문에 상처를 받은 적은 없었어. 그런데 녀석이 나를 놀려 먹기 시작한 이후로는 키가 내 생활의 전부가 되어 버렸어. 자나 깨나 온통 키에 대한 생각뿐이었어. 하루라도 빨리 키가 크길 바랐지.

　－그래서?

　－키가 큰다는 한약도 먹고, 운동도 하고, 일찍 자기도 하고.

　－그래서 컸어?

　－조금. 한약이 효과가 있는 것 같아서 다시 지었는데…….

　－그랬는데?

　－좋다는 걸 너무 많이 넣어서 그런지, 설사를 계속했어. 결국 장이 더 나빠졌어. 그 부작용으로 한동안 우유도 못 먹었어.

　나는 풋, 웃음을 터뜨렸다. 윤정훈이 노려보는 시늉을 하더니 나보다 더 크게 웃었다.

　－말도 마라. 그때 얼마나 고생을 했던지……. 한번은 시험을 보는데 배에서 꾸륵꾸륵 소리가 들리더니 천둥소리처럼 점

점 커지다가 배가 찌를 것처럼 아파 오는 거야. 왜 설사 터지기 전에 배 아픈 거 있잖아.

나는 이제 배를 잡고 웃었다.

―그래서?

나는 간신히 웃음을 참으며 물었다.

―별수를 다 써도 안 되더라. 얼마나 바랐던지, 키 크는 꿈도 꾸고 성장통처럼 다리가 아프기도 했는데…….

윤정훈이 피식 웃었다. 교과서에서만 보던 '자조적인' 웃음이었다.

―괜찮은 거 맞아? 괜히 괜찮은 척할 필요 없어.

―아냐. 오히려 마음이 편해졌어.

―정말?

―응. 이전엔 녀석에게 본때를 보여 줄 거란 생각에 하루에도 몇 번씩 부글부글 끓었는데…….

―그런데?

―이젠 상관없어졌어. 어차피 안 될 일이라고 생각하니까 한순간에 포기가 되더라고. 녀석이 뭐라 생각하든 알 게 뭐야.

―그래서?

―그래서는 뭐가 또 그래서야. 이젠 내 인생 살겠다는 거지. 키 문제를 포기하고 나니까 다른 문제들이 쌓여 있더라고. 곧 고3이 되는데 대학도 가야겠고, 키도 작은데 이쁜 여자 만나서 결혼하려면 능력도 있어야겠고……. 인생이 복잡해.

―결국 그거야? 아직도 이쁜 여자에 대한 미련 못 버렸어?

―농담도 못 하냐?

윤정훈이 내 머리를 쥐어박았다. 나는 되받아치려다가 그만두었다.

기분이 이상했다. 만만하게 보이던 윤정훈이 더 이상 만만해 보이지 않았다. 나는 윤정훈을 물끄러미 바라보며 관찰했다. 도대체 뭐가 달라진 거지? 크게 달라진 것은 없었다. 그런데 뭔가 달랐다.

초조하게 그를 붙들고 있던 문제를 떨쳐 버린 후의 편안함. 더 이상 다른 사람들의 시선 따위는 신경 쓰지 않겠다는 초연함. 그런 걸 윤정훈의 얼굴에서 읽었냐고? 그렇지 않았다. 그의 외모는 전혀 달라지지 않았다. 여전히 소년 같은 얼굴이었다. 하지만 그의 머리와 가슴속에서 무슨 일인가 일어난 게 분명했다. 어쩐지 나는 그가 한 뼘은 더 큰 것 같았다. 신체의 키가 멈추는 순간, 마음의 키가 커 버린 것처럼.

─왜?

내 시선을 의식했는지 윤정훈이 물었다.

─오늘 좀 멋있다. 이제 선배라고 불러야겠어.

윤정훈이 의아해하는 얼굴로 나를 바라보았다. 그러더니 씩 웃으며 말했다.

─이왕이면 오빠라고 불러 주지?

─뭐야, 또 사촌 동생 생각한 거지?

나는 윤정훈의 배를 주먹으로 힘껏 때렸다.

그날 밤, 나는 좀처럼 잠을 이루지 못했다. 나를 뚫어지게 바라보던 총무 오빠의 눈빛이 자꾸 떠올랐다. 그럴 때마다 소름이 돋았다. 기분이 이상했다. 더럽기도 하고 섬뜩하기도 했다. 한편으로는 이상한 호기심도 생겼다.

총무 오빠는 나를 상대로 뭘 하려고 했던 걸까? 아주 나쁜 짓?

9. 동생의 두 얼굴

─나, 형준이 담임인데…….

토요일 오후, 예기치 못한 전화를 받았다. 수화기 너머로 허스키한 목소리가 들려왔다. 두꺼운 뿔테 안경과 그 옆의 흉물스러운 사마귀가 떠올랐다. 동생의 담임은 다짜고짜 나를 좀 만나야겠다고 했다.

─아빠가 아니라요?

─그래. 형준이가 누나 번호를 가르쳐 준 걸 보면 아빠보다는 누나가 더 편한가 보다.

내가 더 편하다고? 앤 도대체 아빠를 어떤 사람으로 생각하는 걸까, 라고 신기해하다가 곧바로 수긍했다. 아빠에게 무엇을 부탁한다는 건 내가 생각해도 무리다. 아빠는 5년째 무기력증이니까.

하지만 나라고 별다르지도 않은데 동생은 뭘 믿고 나를 선택했을까?

　－꼭 학교로 가야 하나요?

　－학교가 불편하면 다른 곳도 괜찮아.

　－아니, 그게 아니라…… 전화로 말씀하시면 안 될까요?

　－그건 안 돼.

　－걔가 무슨 사고라도 쳤나요?

　－그건 만나서 얘기하자.

　그래서 나는 사마귀뿔테안경을 만났다. 만남의 장소는 내가 정했다. 동생이 다니는 학교 운동장 등나무 벤치였다.

　막상 자리를 잡고 앉자 후회가 밀려왔다. 그날따라 칼바람이 불어 댔다. 좋은 점도 있었다. 추운 건 사마귀뿔테안경도 마찬가지일 테니, 빨리 나를 놓아줄 것이다.

　하지만 사마귀뿔테안경은 보기보다 집요한 여자였다. 느릿느릿 할 말을 다했다. 나는 오돌오돌 떨면서 사마귀뿔테안경의 얘기를 들었다. 그렇게 해서 내가 알게 된 사실은 충격적이었다. 나는 괴물과 같이 살고 있었다. 사마귀뿔테안경의 얘기는 동생이 내가 아는 아이가 아니라는 것이었다. 아니, 정반대의 아이였다. 집에서 내가 본 동생은 이랬다.

　먹을 것을 좋아하고, 먹는 것만 생각하고, 먹을 게 있는 한 아무 불만이 없는 아이. 점점 더 돼지처럼 살이 쪄 가는 아이. TV를 좋아하고, 소파에 누워서 TV를 보고, 소파가 제 침대인 양 TV를 보다 바로 잠이 드는 아이. 특별히 말이 많은 것은 아니지만, 말을 시키면 기다렸다는 듯이 천진난만한 얼굴로 과장되게 웃으며 느물대는 아이. 내 앞에선 잘 보이려고 갖은 애를 쓰는 아이.

사마귀뿔테안경이 말하는 학교에서의 동생은 이랬다.

다툼이 끊이지 않는 아이. 작은 일에도 화가 폭발하는 아이. 화가 나면 분노를 조절하지 못해서 욕을 해 대는 아이. 욕을 해도 꼭 미국 욕을 해서 아이들을 더 열 받게 만드는 아이. 미국 욕을 하는 자신을 멋지다고 생각하는지 그럴 때면 기고만장해지는 아이. 그래서 친구가 하나도 없는 아이.

─설마 농담은 아니시죠?

─나도 농담이었으면 좋겠구나.

─그런데 절 왜 부르신 거죠?

─엄마들의 항의가 들어오기 시작했고, 더 이상 두고 볼 수 없는 상태야.

─저 보고 뭘, 어떻게 하라고…….

─하긴 너도 답답하겠지.

나는 아무런 할 말이 없었다. 그래서 신발 뒤축으로 발밑의 땅만 파고 있었다.

─남매 아니랄까 봐 버릇은 똑같구나.

사마귀뿔테안경이 피식 웃으며 말했다.

─네?

─형준이도 내가 야단칠 때마다 그렇게 운동화 뒤축으로 땅을 판다. 어찌나 집요하게 파는지 두더지가 따로 없다.

나는 동생과 닮았다는 말에 동작을 바로 멈췄다.

─혹시 미국에서 무슨 일이 있었니?

─모르겠어요.

사마귀뿔테안경이 나를 응시했다. 뭔가 더 자세한 설명을 원하는 것 같았다.

—5년 전에 부모님이 이혼했고, 아빠와 저는 한국에 돌아오고, 동생은 엄마와 미국에 남았어요.

—너희 둘 다 힘들었겠구나.

사마귀뿔테안경이 이해할 수 있다는 듯이 고개를 끄덕였다.

나는 기분이 좋지 않았다. 이런 식으로 쉽게 이해될 수 있는 시간이 아니었다. 지난 5년은. 그리고 그 이후의 몇 달은. 설익은 이해보다는 무관심이 편했다. 동생을 전학시키느라 처음 만났을 때처럼 차라리 무심한 태도를 보여 주길 바랐다. 하지만 그러지 않을 거라는 걸 나도 알고 있었다. 동생은 이제 평범한 전학생이 아닌 문제아인 것이다.

—형준이가 깊은 상처를 받은 게 분명해. 그게 엄마를 잃어서인지, 다른 무엇이 더 있는 것인지 알 수 없지만, 내가 보기에 형준이는 치료가 필요하다.

—치료라니요?

—전문가에게 상담을 받아 보는 게 좋지 않겠니?

—정신과 치료 말인가요?

사마귀뿔테안경은 고개를 끄덕였다.

—요즘은 소아청소년과도 많이 있으니까. 이런 문제는 아버지와 상의해야 옳겠지만, 워낙 형준이가 완고했다.

나는 대답 대신 고개를 끄덕였다.

—아버지가 자신의 문제를 알게 될까 봐 몹시 두려워했어. 아버지 전화번호를 묻자 경기를 일으킬 것처럼 펄쩍 뛰더라고.

나는 여전히 아무 말도 하지 않았다. 내 혀가 돌처럼 굳어 버린 것 같았다. 어쩌면 굳어 버린 것은 혀가 아니라 뇌인지도 몰랐다. 아무 생각도 나지 않았으니까.

―너도 아직 어린데, 이런 문제를 맡기다니 미안하구나. 그래도 가족이잖니. 가족이 아니면 누가 도와줄 수 있겠니.

사마귀뿔테안경이 말한 '가족'이란 낱말이 너무 어색했다. 동생과 내가 가족이었구나, 라고 처음 깨닫게 된 것처럼.

―내 생각엔 누나가 아버지에게 잘 말씀을 드리는 방향으로 문제를 풀어 가야 할 것 같다. 아무래도 아버지가 아셔야지…….

나는 대답 대신 다시 땅을 팠다. 아빠에게 말할 자신이 없었다. 그게 문제를 푸는 방법이 될 것 같지도 않았다.

―나도 힘닿는 대로 도우마. 필요하면 언제든 연락해.

사마귀뿔테안경이 내 손을 꼭 잡았다. 나는 어색해서 빨리 손을 빼내고 싶었다. 놀랍게도 사마귀뿔테안경의 손은 따뜻했다. 칼바람 속에 한 시간 가까이 앉아 있었는데도. 다시 보니 뿔테안경은 엄청나게 두꺼운 오리털파카를 입고 있었다. 어쩐지 속은 기분이 들었다.

사마귀뿔테안경과 헤어지고 돌아오는 길에 내 머릿속에는 괴물이 그려졌다. 동생이라는 열두 살짜리 남자애가 괴물처럼 느껴졌다. 지킬과 하이드처럼. 그런 이중인격을 가진 아이가 버티고 있는 집에 들어갈 엄두가 나지 않았다.

―나 좀 만나 줄 수 있어?

나는 윤정훈에게 전화를 걸었다.

-무슨 일 있어?

-무서워.

-뭐가?

-동생.

-뭐? 너 지금 장난하는 거지?

-그런 거 아냐.

나도 모르게 땅이 꺼질 듯한 한숨이 흘러나왔다.

-정말 무슨 일이 있는가 보네.

상황이 심각하다고 생각했는지 윤정훈이 바로 나타났다.

우리는 놀이터에서 만났다. 저녁이 되어서 날씨는 더 차가
웠다. 하지만 나는 사람들이 우글거리는 맥도널드 따위에는 가
고 싶지 않았다.

-동생이 무슨 사고라도 친 거야?

윤정훈이 내 눈치를 살피며 물었다.

나는 동생에 대해 이야기했다. 동생에 대해 얘기하기 위해
엄마와 아빠가 헤어진 이야기를 해야 했다. 엄마가 죽은 얘기
도. 윤정훈이 나를 불쌍하다는 듯이 물끄러미 바라보았다. 나
는 오후 내내 성냥팔이 소녀가 된 것 같은 기분이 들었다.

-굳이 그런 눈으로 볼 필요는 없어.

나는 일부러 퉁명스럽게 말했다.

-동생한테 무슨 일이 있었던 거야? 엄마를 잃었다고 해서
다 폭력적으로 변하는 건 아니잖아.

-모르겠어.

나는 고개를 저었다. 실제로 나는 동생에 대해 아는 게 하나도 없었다. 더군다나 요즘은 매일 밖으로 돌아서 동생이 뭘 하고 사는지, 여전히 먹는 것만 밝히고 TV만 보는지, 집에 붙어 있는지 아니면 나처럼 밖으로 싸돌아다니는지도 알지 못했다.

─그럼 동생은 누가 돌보니?

윤정훈이 고개를 갸웃했다.

그 나이에도 누가 돌봐 줘야 해? 라고 되물으려다가 고개만 저었다. 모르겠다는 뜻도 되고, 아무도 돌보지 않는다는 뜻도 됐다.

─걘 누군가 도와줄 사람이 필요해.

윤정훈이 제법 어른스럽게 말했다.

─가족이잖아.

윤정훈이 덧붙였다.

가족이란 말을 듣는 순간, 무언가 가슴 깊은 곳에서 울컥 치밀어 올랐다. 왜 사람들은 오늘따라 나에게 가족이라는 말을 들이미는 걸까. 왜 그 낱말은 나를 날카롭게 찌르는 걸까. 왜 사람들은 모두 이렇게 잔인한 걸까.

─도대체 가족의 정의가 뭔데? 5년 전 우리 가족은 이미 해체되어 버렸어. 아이돌그룹이나 걸그룹이 계약기간이 끝나면 해체돼서 뿔뿔이 흩어지듯이 우리도 그렇게 흩어진 거라고!

나는 윤정훈에게 버럭 소리를 질렀다. 윤정훈은 당황해서 어쩔 줄 몰라 했다. 누군가 이 광경을 목격했다면 윤정훈이 나에게 무슨 큰 잘못이라도 저지른 걸로 생각했을 것이다. 다행히 해 질 무렵의 놀이터는 텅 비어 있었다.

─우리 뭐 좀 먹을까? 잠깐 여기 있어 봐. 내가 먹을 것 좀 사올게.

겁먹은 목소리로 윤정훈이 말했다. 나는 식욕이 없었지만 그냥 내버려 뒀다. 도망이라도 치듯 윤정훈이 빠르게 사라졌다. 나도 화를 식힐 시간이 필요했다.

왜 이런 문제를 나에게 떠넘기는 거지? 도대체 나에게 해 준 게 뭐가 있다고……. 무책임한 엄마 아빠가 모두 미웠다. 원망스러웠다. 화가 났다. 그리고 괴물로 변해 버린 동생이 불쌍하다는 생각이 들었다. 처음으로. 행복한 사람이 괴물로 변하지는 않을 테니까. 코끝이 찡했다.

잠시 뒤 윤정훈이 맥도널드 종이 가방을 들고 왔다.

─내가 한번 만나 볼까?

윤정훈이 햄버거를 건네며 물었다. 나는 고개를 저었다. 햄버거를 먹지 않겠다는 뜻도 되고, 제안을 거절하는 뜻도 됐다.

─선뱀, 가족이 아니잖아.

그건 가족이 아닌 사람의 도움을 받지 않겠다는 뜻도 되고, 가족인 내가 어떻게든 해 보겠다는 뜻도 됐다. 말은 그렇게 했지만 나는 여전히 자신이 없었다.

내가 집에 도착한 것은 완전히 해가 진 후였다. 문을 열고 들어오니 캄캄했다. 불을 켜고 방문을 다 열어 보았지만 동생은 보이지 않았다. 동생이 늘 뒹굴거리던 소파도 물론 비어 있었다. 문뜩 동생이 사라져 버린 것은 아닌가 하는 생각이 들었다. 자신의 정체가 드러난 것을 알고……

그러자 두 가지 두려움이 몰려왔다. 하나는 정말 동생이 집을 나갔을까 봐 두려웠다. 또 하나는 가출도 감행할 만큼 동생이 강하다면? 그건 정말 내가 알고 있던 동생이 아니었다. 사마귀뿔테안경의 말은 정말 사실일까? 동생은 정말 폭력적이고 무서운 아이일까? 조폭들도 자기 집에서는 따뜻한 사람일지도 모른다. 형준이도 어른이 되면 그런 사람이 되는 걸까?

온몸에 소름이 돋았다. 지금껏 전혀 존재감이 없었던 동생이 갑자기 캐릭터를 갖기 시작했다. 그것도 악인의 캐릭터를. 동생에 대한 연민은 다시 분노로 바뀌었다. 동생은 나를 속이고 아빠를 속였다. 나는 동생이 낯설다 못해 두려웠다.

동생에 대한 단서를 찾아야 했다. 녀석이 부인하지 못할 분명한 증거를 찾아내서 아빠가 있는 앞에서 녀석에게 들이댈 생각이었다. 나쁜 버릇을 고치는 데는 충격 요법만 한 것도 없을 것이다. 나는 동생의 짐이 있는 작은 방의 문을 열었다. 그런데 문을 여는 순간, 예기치 못한 현장과 부딪쳤다.

모형 집이었다. 내가 짓다가 던져 버린 삼층집이었다. 쇼핑백에 마구 구겨 넣어서 일부 벽면은 부서지고 3층은 거의 다 무너져 버렸었다. 옷장이며 침대도 부서지고 떨어져 나갔다. 손이 가지 않은 채 미완성으로 남겨 둔 공간도 있었다.

그 집이 동생의 손에 의해 다시 지어지고 있었다. 기울어졌던 벽이 다시 세워지고, 3층을 받치고 있던 기둥이 다시 우뚝 세워졌다. 널브러졌던 가구며 소품들이 제자리로 돌아가 자리를 잡았다.

용도를 정하지 못해 남겨 두었던 공간에 보라색 물감이 칠해져 있었다. 동생을 떠올리지 않을 수 없었다. 동생이 가지고 있는 소지품들은 대부분 보라색이었다. 'HJ's Room'이라는 팻말도 붙어 있었다. 동생은 자신의 방을 스스로 만들어 놓은 모양이었다. 갑자기 또 코끝이 찡했다.

그리고 사람들이 있었다. 나는 모형 집을 만들면서 사람들을 만든 적은 한 번도 없었다. 초등학교 특별 활동 시간에 단체로 만든 모형 마을에서도 사람들은 없었다. 그런데 동생은 그집에 사람들을 만들어 놓았다. 마분지를 조그맣게 잘라서 색을 입히고 눈, 코, 입을 그려 넣어서 사람을 만들었다.

사람들이 들어와 사는 집. 갑자기 진짜 집처럼 생동감이 느껴졌다. 모두 네 사람이었다. 아빠, 엄마, 나 그리고 동생. 우리는 모두 주방에 있었다. 엄마가 요리를 하고 있었고, 동생은 손에 냄비를 들고 있는 것으로 보아 엄마가 만든 요리를 나르고 있었다. 아빠와 나는 식탁에 앉아 음식을 기다렸다. 역시 동생에게 가장 중요한 일은 먹는 일이었다.

동생은 제법 솜씨가 좋았다. 아빠는 진짜 아빠처럼 보였다. 아빠의 넓적한 얼굴과 점점 숱이 줄어드는 머리카락과 부리부리한 눈매가 그대로 나타나 있었다. 내 모습도 마찬가지였다. 웃을 때 오른쪽에만 패는 보조개며, 오똑한 코와 다행히 아빠를 닮지 않은 갸름한 얼굴이, 나쁘지 않았다. 엄마의 머리는 짧은 단발이었다. 내가 기억하는 엄마는 늘 긴 생머리였다. 죽기전에 엄마는 이런 모습이었나 보다. 엄마에게도 보조개가 있었다. 오른쪽에만.

동생은 자신에게만 정직하지 않았다. 동생은 실제보다 훨씬 날씬하게 자신을 만들어 놓았다. 그래서 오히려 5년 전, 우리 가족이 해체되기 전의 동생처럼 보였다.

동생이 만든 집에서 우리 가족은 평화로워 보였다. 여느 가정에서는 일상적인 모습일 테지만 우리 가족에게는 이미 오래전에 잃어버린 모습이었다. 그래서 더 평화로워 보이는지도 몰랐다. 우리 네 식구 모두 웃고 있었다. 동생이 나르고 있는 찌개는 맛깔스러울 것 같았다. 아니, 그렇지 않아도 좋았다. 이 광경이 현실이 될 수 있다면.

나도 모르게 눈물이 흘러내렸다. 나는 눈물을 닦지 않고 그대로 내버려 두었다. 누군가 벨을 누를 때까지 눈물은 멈추지 않고 계속 흘렀다. 벨 소리를 듣고 나서야 나는 자리에서 일어났다. 동생이 돌아온 모양이었다. 나는 소매로 눈물을 박박 닦았다. 아무 일도 없었던 것처럼 시치미를 뗄 작정이었다. 동생이 그랬던 것처럼.

하지만 문밖에 서 있는 사람은 동생이 아니라 아빠였다. 나는 자동적으로 벽에 걸린 시계를 힐긋 보았다. 9시 45분. 아빠의 귀가 시간으로서는 이른 시간이고, 동생에게는 늦은 시간이었다. 아빠는 신을 벗고 거실을 지나가면서도 동생에 대해 묻지 않았다. 동생이 침대처럼 사용하는 소파가 비어 있는데도 아무 말도 하지 않았다. 내가 울고 있었다는 것도 눈치채지 못했다. 대신 이렇게 말했다.

─혜윤아, 소주 한잔하자.

그놈의 술. 나는 이 와중에 술을 찾는 아빠가 원망스러웠지만 순순히 대답했다.

−어, 알았어.

나는 주방으로 들어갔다. 냄비에서 번데기탕이 끓고 있는 사이, 옷을 갈아입은 아빠가 식탁에 자리를 잡았다.

−저기, 아빠.

−왜?

아빠는 나를 보지도 않은 채 물었다. 아빠는 아침에 다 읽지 못한 신문을 들추고 있었다.

−형준이가 아직 집에 안 왔어.

−뭐, 친구네 집에 갔나 보지.

아빠는 대수롭지 않게 대답했다.

−시간이…….

나는 냄비를 내려놓으며 시간을 다시 확인했다. 다시 또 10분이 지나 있었다.

−사내 녀석들은 그 나이엔 다 그렇게 늦게까지 돌아다녀.

−응. 근데, 아빠, 걘 친구가 없다는데…….

−누가 그래?

−뭐, 그냥, 누군가 그랬어.

나는 낮에 사마귀뿔테안경을 만난 얘기를 차마 꺼내지 못했다. 꼭 형편없는 성적표를 빼돌린 것 같은 기분이었다.

−미국에서 온 지 얼마 안됐잖아. 좀 있으면 생기겠지.

아빠는 여전히 무심했다. 나는 동생에 대해 말할까 말까 고민하다 그만두었다. 아빠의 시뻘겋게 충혈된 눈을 보니 괜히 또 두려웠다.

얼마 뒤 아빠는 안방으로 사라졌고 잠을 자는지 다시 나오지 않았다. 나도 내 방으로 들어갔다. 침대에 누워 생각에 빠졌다. 녀석은 어디서 뭘 하고 있는 거지? 도대체 이 시간까지 어딜 헤매고 다니는 걸까. 친구도 없다면서……. 동생에 대해 걱정을 하다 보니 동생이 불쌍했다가 미웠다가 다시 불쌍했다.

그러다 잠이 들었다. 내가 몇 시까지 깨어 있었던 건지 기억나지 않았다. 새벽에 화들짝 놀라 잠에서 깨었을 때 거실에서 드르렁드르렁 소리가 들려왔다. 지난 몇 달 동안 밤마다 한결같이 들어 온 동생의 코 고는 소리였다. 안도감에 깊은숨을 내쉬곤 나도 다시 잠에 빠져들었다.

10. 가까이 걷기

　다음 날도, 그다음 날도 나는 동생에게 아무 말도 꺼내지 못했다. 내가 사마귀뿔테안경을 만나고 온 일을 알고 있을 텐데, 동생도 아무것도 묻지 않았다. 오히려 내가 무슨 말을 꺼낼까 봐 슬금슬금 피하는 눈치였다.

　ㅡ얘기는 해 봤어?

　윤정훈이 물었다.

　ㅡ아직.

　나는 놀이터 벤치에 앉아 신발 뒤축으로 줄기차게 땅을 팠다.

　ㅡ왜?

　ㅡ입이 안 떨어져.

　ㅡ그래도 해야지. 그러다 더 심각해지면 어떻게 해.

　짜증나게 요즘 윤정훈은 바른말만 했다.

－알아. 나도 안다고.

나는 신경질을 부렸다.

－내가 도와주겠다니까.

－어떻게?

－녀석이 뚱뚱하다고 했지?

－응.

－살도 뺄 겸 농구나 같이 하자고 하지 뭐.

－하겠다고 할까?

－걔 너 무서워한다면서?

－그게 뭐?

－약점도 잡혔겠다, 네가 하라면 하겠지.

－농구를 해서 뭐가 달라지는데?

－너 바보냐? 혼자 잘난 척은 다해 놓고 알고 보면 헛똑똑이
야. 걔도 감정이 있는 인간인데 좀 친해진 다음에 얘기를 꺼내
야지. 그래야 녀석도 입을 열 거 아냐.

－그런가?

－당연하지.

그래서 우리는 토요일 오후에 동생의 학교에서 만났다. 다
행히 운동장엔 사람이 많지 않았다. 농구 골대를 사용하는 사
람도 없었다.

윤정훈의 말대로 동생은 내 말에 순순히 따랐다. 나는 말을
꺼내는 게 어색해서 주뼛거렸는데, 동생은 기다렸다는 듯이 나
의 제안을 받아들였다.

윤정훈은 기대 이상으로 농구를 잘했다. 키가 작은 대신 탄

력이 좋았다. 골의 방향을 맞추는 정확도도 뛰어났다. 반면 동생은 태어나서 농구를 처음 해 보는 사람처럼 어눌했다. 한 골도 넣지 못했다. 골을 넣기는커녕 멀쩡히 손에 들고 있던 공도 놓치거나 빼앗기기 일쑤였다.

나는 멀찍이 벤치에 앉아 그들을 지켜보았다. 윤정훈이 종종 나를 불러들이는 손짓을 했다. 나는 못 본 척했다. 나도 운동엔 젬병이었다.

윤정훈이 동생에게 요령을 가르쳐 줬다. 동생이 좀처럼 나아지지 않는데도 윤정훈은 지쳐 보이지 않았다. 지친 사람은 동생이었다. 동생은 숨을 헐떡이고 땀을 비 오듯 흘려 댔다. 저러다 감기에 걸리면 어쩌나 걱정을 하다가 동생을 걱정하는 내 자신에게 화들짝 놀랐다. 대체 내게 무슨 일이 일어난 거지? 갑자기 형제애라도 생긴 것인가?

한 시간 넘게 농구를 한 후, 우리는 맥도널드에 갔다. 나는 3인분의 햄버거 세트를 샀다.

―살다 보니 이혜윤이 사 주는 햄버거를 먹는 날도 있구나.

윤정훈이 너스레를 떨었다. 나는 살짝 눈을 흘겼다.

땀에 젖은 윤정훈의 모습이 듬직해 보였다. 내 시선을 의식한 윤정훈이 씩 웃었다. 순간, 가슴 속에 이상한 충돌이 있었다. 우주를 떠돌던 아주 작은, 딱 콩알만 한 돌멩이 하나가 내 가슴속에 톡 떨어진 것 같았다. 그러자 괜히 얼굴이 빨개지고 가슴이 두근거렸다. 예상치 못한 반응에 깜짝 놀라 나는 헛기침을 하고 재빨리 시선을 돌렸다.

동생은 말없이 햄버거만 먹었다. 낯을 가리거나 할 말이 없어서가 아니라, 순수하게 햄버거가 맛있어서였다. 녀석은 입가에 소스를 묻혀 가며 햄버거를 무지막지한 속도로 흡입했다. 안 그래도 먹는 거라면 사족을 못 쓰는데 운동까지 했으니, 당연했다.

나는 반쯤 먹다 만 햄버거와 감자튀김을 동생에게 밀어 줬다. 동생이 햄버거를 입에 문 채 나를 바라보았다. 동생의 단춧구멍만 한 눈이 최대한 커졌다.

—자, 이제 할 수 있겠지?

동생이 화장실에 간 사이, 윤정훈이 자리에서 일어나며 말했다.

—벌써 가려고?

—이쯤에서 외부인은 사라져 줘야지.

—좀만 더 있다가 가. 아직은 자신이 없어.

비굴하게도 나는 애원을 했다.

—걱정 마. 넌 충분히 할 수 있어. 용기를 내라고.

윤정훈이 내 등을 토닥이고는 사라졌다. 나는 유리문을 열고 나가는 윤정훈의 뒷모습을 무력하게 바라보았다. 얼마 안 있어 동생이 돌아왔다.

—형은?

—갔어.

—왜?

—몰라도 돼.

나는 다시 퉁명스러워졌다. 그러려고 그런 것은 아닌데, 습관이 되어 버린 것 같았다. 아차, 싶었지만 이미 뱉어 버린 후였다. 맞은편에 앉은 동생은 다시 슬금슬금 내 눈치를 보기 시작했다. 손가락을 계속 움직이는 걸 보니 긴장이 되는 모양이었다. 아마 신발 속에서는 발가락도 꿈틀거릴 것이다. 윤정훈의 빈자리가 갑자기 크게 느껴졌다. 동생은 더 그렇게 느끼는 것 같았다.

—누나, 집에 안 가?

동생이 긴장된 목소리로 물었다.

—할 말 있어.

나는 이번에는 신경 써서 부드럽게 말했다. 그런데도 동생의 얼굴이 일그러졌다.

—긴장할 거 없어. 화를 내려는 건 아니니까.

나는 목소리를 누그러뜨렸다.

—내가 지난번에 너희 담임 만난 거 알고 있지?

동생이 고개를 끄덕였다. 동생은 내 시선을 피해 테이블 위에 흩어져 있는 음식물 잔해만 보고 있었다. 양파 조각과 케첩 자국과 콜라 방울들…….

—너네 담임 말이…….

내 말이 채 끝나기도 전에 동생이 먼저 치고 들어왔다. 내 입을 막고 싶은 모양이었다.

—누나, 그건 그 새끼가 먼저 나한테 시비를 건 거야. 나도 억울하다고.

—널 혼내려는 게 아니라고 했잖아.

이번에도 나는 차분한 음성으로 말했다. 동생은 다소 놀란 표정으로 나를 바라보았다.

―도대체 미국에서 무슨 일이 있었던 거니?

나는 단도직입적으로 묻기로 했다. 묻고 보니 정말 궁금해졌다.

동생을 이렇게 만든 일이 무엇이었을까. 뭐가 그렇게 힘들었을까.

동생이 고개를 푹 숙였다. 동생이 나와 눈을 맞추는 것을 고통스러워한다는 것을 알 수 있었다. 어쩌면 동생을 그런 이상한 애로 만든 것은 단순히 엄마가 죽었기 때문일 수도 있고 한국에서 적응하기 힘들기 때문일 수도 있다. 그런데 동생의 반응을 보니, 미국에서 무슨 일이 있었던 게 틀림없다는 확신이 들었다.

내 생각에 대해 확인이라도 해 주듯 동생의 눈에서 눈물이 뚝뚝 떨어졌다. 맥도널드는 너무 시끄러웠다. 초등학생, 중학생, 고등학생 애들이 모두 혼합되어 정신없이 떠들어 대고 있었다. 윤정훈은 왜 이런 장소를 고른 거지?

동생은 좀처럼 입을 열지 않았다. 나도 이런 곳에서는 동생의 얘기를 듣고 싶지 않았다. 심각한 이야기를 하기에, 여긴 너무 경박했다.

―집에 가자.

나는 자리에서 일어섰다. 동생도 기다렸다는 듯이 냉큼 일어섰다. 출입문을 열고 나오자 빗줄기가 후드득 떨어졌다. 비는 이제 막 내리기 시작했지만, 빗방울이 장난 아니게 컸다. 곧 세차게 비가 내릴 것만 같았다. 길 건너에 아파트 단지가 있었지만 우리 집은 단지 안에서도 맨 끝에 있었다. 나는 터벅터벅 걸어서 집으로 돌아왔다. 동생은 나보다 세 발자국쯤 뒤떨어져서 걸었다. 아직도 내가 어색하고 불편한 모양이었다.

나는 뛰지 않았다. 만일 내가 뛰었다면 동생과 나의 거리는 더 벌어졌을 것이다. 내가 뛰어간다면 나는 머리와 어깨에 빗방울을 털어 내야 할 정도로만 젖겠지만, 뒤에서 걸어오는 동생은 흠뻑 젖어서 비 맞은 생쥐 꼴이 될 것이다. 생쥐라고 표현하기엔 몸집이 너무 크지만.

나는 다 같이 젖어 버리는 쪽을 택했다. 그동안 희주와 수진이와 다니면서 의리가 생겼나 보다.

어쩌면 동생도 나도 시간을 벌고 싶었던 것인지도 모른다. 우리는 아주 진지한 얘기를 남겨 두고 있었다. 그건 깊은 상처를 건드리는 일이라는 걸 짐작할 수 있었다.

나는 이따금 아무도 몰래 창고 방에 들어가 동생이 만들고 있는 모형 집을 구경했다. 내가 내동댕이쳤던 모형 집이 동생에 의해 다시 살아나는 게 신기했다.

동생은 2층 거실 바닥에 얼룩말 무늬 카펫을 깔았고 그 위에 체스 판을 올려놓았다. 어떤 날은 마분지가 넓게 붙여진 마당이 새로 생겼고 사과가 주렁주렁 달린 나무가 두 그루 심겨 있었다. 또 어떤 날은 강아지 세 마리가 마당을 돌아다녔다.

나는 모형 집이 조금씩 조금씩 변해 가는 것을 구경하는 게 재미있었다. 마치 모형집이 쑥쑥 자라고 있는 것 같았다. 모형집은 이제 내 취향이 아닌 동생의 취향이 반영되고 있었다. 나는 동물이라면 질색이니까.

며칠 뒤에 보니 마당에 잔디가 깔리고 그 위에 벤치가 놓여 있었다. 벤치 위에 내 것과 비슷한 MP3와 휴대폰이 놓여 있었다.

내가 모형 집을 구경하는 것을 동생이 알고 있는 걸까? 어쩌면 우리는 모형 집을 통해 서로를 만나고 있는 것일까? 그렇다면 동생이 내게 하고 있는 말은 무엇일까?

11. 생태탕은 이제 먹지 않을 것이다

현관문을 여는데 이상한 기운이 느껴졌다. 어쩐지 낯선 냄새, 낯선 분위기, 낯선 공기. 불길했다. 불길한 예감은 늘 적중한다.

─이제 오나?

투박하고 껄끄러운 목소리, 할머니였다.

─어떻게 들어오셨어요?

─니는 인사도 하기 전에 그기 궁금하나? 니 애비가 비밀번호 불러 줬다.

할머니가 눈을 흘기며 말했다.

실은 언젠가 할머니가 들이닥칠 것을 예상하고 있었다. 아빠를 통해 동생이 돌아왔다는 소식을 들었을 테니까. 이전의 할머니라면 훨씬 더 빨리 달려왔을 것이다. 할머니는 우리 집 일에 참견하는 것에 투철한 사명 의식을 가지고 있으니까. 지금까지 참고 기다린 것도 할머니로서는 도를 닦는 일이었을 것이다.

─혜윤이 니는 동생이 왔으면 왔다고 할매한테 알려야 할 기아이가. 휴대폰은 뒀다 모에 쓸라고 전화도 안 하노. 거기에 매달 꼬박꼬박 쏟아붓는 돈이 얼만데…….

할머니가 나를 노려봤다. 그러더니 한강물도 다 쓸어버릴 것 같은 깊은 한숨을 내쉬었다.

─야가 형준이가?

할머니가 물었고, 내가 고개를 끄덕였고, 동생이 고개를 꾸벅했다.

─많이 컸네. 이리 와 봐라.

할머니가 동생에게 손을 내밀었다. 동생이 쭈뼛거리며 할머니 옆으로 가서 앉았다.

─아 때는 가시나맨키로 빼빼하더만 인자 살이 많이 붙었구마. 얼굴이 넙대대한 게 남자답고 보기 좋네.

할머니가 동생의 머리카락을 쓰다듬었다. 동생은 낯설어 할 때는 언제고 히죽히죽 웃고 있었다. 누굴 닮은 건지 정말 넉살 하나는 끝내줬다.

─아가, 배고프제? 할매가 밥상 차려 놨다.

할머니는 우리 집에만 오면 밥상을 차렸다. 아주 오래전부터. 마치 자신의 권리이자 의무라도 된다는 듯이. 하나도 고맙지 않았다. 왜 시키지도 않는 일을 하는 걸까.

그러고 보니 부엌에서 옅은 비린내가 풍겨 왔다. 할머니가 또 생선 요리를 했나 보다. 나는 생선 비린내라면 질색이다. 이건 엄마를 닮은 점이다. 어쩌면 할머니 때문에 생선이 싫어진 것인지도 모른다. 그것도 엄마를 닮은 점이다.

−배 안 고파요.

나는 차갑게 말했다.

−사납기는, 누가 지 에미 딸 아니랄까 봐.

할머니가 크게 한숨을 내쉬었다.

할머니도 알고 있을 것이다. 내가 할머니를 싫어한다는 걸. 나는 할머니를 볼 때마다 묻고 싶었다. 왜 엄마를 그렇게 싫어했어요? 할머니가 엄마를 싫어하는 티를 내지 않았다면 우리 집이 이 모양 이 꼴은 아닐지도 모르잖아요.

−할머니, 저는 또 먹을 수 있어요.

동생이 말했다.

먹는 것 앞에선 의리도 없는 놈. 나는 동생을 짝 째려보았다. 이제껏 어렵게 만들어진 동맹이 다시 깨지고 있었다.

−암, 그래야제.

할머니가 웃으며 말했다.

−니도 한술만 떠라.

할머니의 목소리에서 원망과 서운함이 느껴졌다. 나는 마지 못해 식탁 앞에 앉았다.

−이게 뭐예요?

−생태탕이다.

나는 숟가락으로 생태탕을 휘젓기만 했다.

−팍팍 좀 무라.

할머니가 성마른 소리를 냈다. 동생이 더 열심히 먹기 시작했다. 할머니가 저더러 한 소리인 줄 알았나 보다. 얜 어린애가 왜 이렇게 눈치만 발달한 걸까. 이럴 땐 정말 피붙이라는 생각이 안 들고 그나마 있던 정마저 뚝 떨어진다.

나는 마지못해 생선 살점을 조금 떼어 입에 넣었다. 으음? 생각보다 맛이 괜찮았다. 담백한 게 비리지 않다. 국물도 한 숟가락 떠먹었다. 으음? 얼큰했다. 시원하다고 할까. 나는 본격적으로 생태탕과 밥을 먹기 시작했다. 갑자기 허기가 몰려왔다.

─맛있나?

밥그릇이 반쯤 비었을 때 할머니가 뿌듯한 목소리로 물었다. 저 만족해하는 눈빛을 보니 숟가락을 내려놓고 싶었다. 그래도 나는 밥을 계속 먹었다. 그만큼 맛있었다.

─독한 년.

할머니 입에서 생선 가시 같은 말이 튀어나왔다. 나는 숟가락을 든 채 정지했다. 갑자기 얼어붙은 것처럼. 나한테 한 소린가? 나는 할머니를 힐긋 보았다. 할머니의 시선은 내게 닿아있지 않았다. 허공 어딘가에 있는, 보이지 않는 존재를 향해 눈을 흘기고 있었다.

─인간이 얼마나 독하면 저 어린 것을 혼자 버리두고…….

엄마에게 하는 소리구나.

입속에 물고 있던 밥이 목구멍을 넘어가지 않았다. 생태탕 국물을 떠먹으면 밥이 잘 넘어가겠지만, 사양한다. 나는 생태탕이 담겨 있는 그릇을 멀찍이 밀어냈다.

─이때까이 잘 묵다 와 밀어 내노?

―비려요.

―뭐가 비리다카노?

할머니가 숟가락을 들고 연거푸 생태탕을 떠먹는다. 할머니 숟가락이 들어갔다 나온 생태탕은 더더욱 절대로 안 먹을 거다.

―하나도 안 비리구만.

―비려요.

나는 사납게 대꾸했다.

―할머니, 한 그릇 더 주세요.

동생이 국그릇을 내밀며 말했다.

―오야, 오야, 내 새끼. 할매가 끓인 생태탕 맛나제?

할머니가 신이 나서는 자리에서 일어섰다. 그러면서 나를 향해 퉁명스럽게 말했다.

―니 음식 남기면 몬쓴다. 다 무라.

나는 맨밥을 꾸역꾸역 삼키며 생각했다. 앞으로 생태탕은 절대로 먹지 않을 거라고.

나는 동생을 흘겨보았다. 그런 줄도 모르고 동생은 밥을 먹는 데 여념이 없었다. 내가 미쳤지. 저걸 동생이라고 마음을 열려고 하다니.

―들어가서 공부할게요.

나는 숟가락을 내려놓았다. 할머니가 눈을 흘기고 입을 삐죽거렸다. 그러거나 말거나 자리에서 일어났다. 또다시 잔소리가 시작되기 전에 재빨리 들어와 방문을 쾅 닫았다.

잠시 뒤 할머니가 아빠에게 전화를 거는 소리가 들렸다. 할머니가 아빠에게 빨리 들어오라고 말했다. 아빠가 늦을 거라고 했나 보다. 할머니가 퉁명스럽게 대꾸를 하고는 전화를 끊었다. 아빠도 할머니가 오는 것을 좋아하지 않았다. 옛날엔 엄마 때문이었다. 지금은 엄마가 없는데도 할머니의 방문을 탐탁지 않아 한다.

할머니는 TV를 켰다. 볼륨을 사정없이 높였다. 동생과 할머니가 드라마에 대해 이야기를 주고받는 소리도 들렸다. 그것도 짜증이 났다. 나는 이어폰을 끼고 노래를 들었다.

잠시 뒤 화장실에 가려고 나가 보니 할머니와 동생이 소파에 기댄 채 쿨쿨 자고 있었다. 이불을 덮어 줄까 하다가 관둬 버렸다. 알 게 뭐야.

할머니는 얼마나 있다 갈까? 할머니가 들고 온 가방을 보니 장난이 아니다. 오래 있을 작정을 하고 온 모양이다. 할머니와 한 공간에서 지내야 한다고 생각하니 숨이 콱 막히는 것 같다.

벨이 울렸다. 아빠였다. 할머니의 주문대로 평소보다 일찍 귀가한 것이다. 아빠는 비밀번호 숫자 여섯 개만 누르면 될 걸 꼭 벨을 눌렀다. 아마도 그게 가장으로서의 자존심이자 권리라고 생각하는가 보다. 그렇게 밖에 자존심과 권리를 표현할 방법이 없다니, 아빠도 참 불쌍하다.

—할머니 언제부터 주무신 거니?

—몰라. 방에 있다 나와 보니까 이미 잠들어 있었어, 둘 다.

—어머니, 왜 여기서 이러고 계세요. 방에서 주무세요.

아빠가 할머니를 흔들어 깨웠다.

—애비 언제 왔노?

할머니가 마른입을 쩝쩝거리며 부스스 일어났다.

―애비 밥 먹어야제.

―저녁 먹고 왔어요.

아빠가 퉁명스럽게 말했다.

―애비 좋아하는 생태탕 끓여 놨다. 한술 떠라.

생태탕이라는 말을 듣는 순간 욱, 헛구역질이 나왔다. 입덧이라도 하는 사람처럼.

―자는 와 저라노?

할머니가 눈을 흘겼다.

아빠는 할머니에게 안방에 들어가서 자라고 거듭 말했지만, 할머니는 고집을 부렸다. 결국 할머니는 동생이 잠든 소파 아래에 담요를 깔고 새우처럼 몸을 구부린 채 잠을 잤다.

밤새 나는 잠을 설쳤다. 결국 생태탕이 일을 냈다. 나는 토하고 또 토하고, 또 토했다. 노란 위액까지 다 토하고 나자 얼굴이 샛노래졌다.

12. 모두가 쓸쓸하고 고독한 밤

-롯데월드 야간 개장 갈래?

-안 돼.

-내가 입장료 전액 부담할게.

-그래도 안 돼.

-그럼, 쇼핑할래?

-오늘은 안 된다니까. 올 오빠 생일이라고 말했지.

희주는 재고의 가치도 없다는 듯이 딱 잘라 말했다. 화실 오빠와 한창 잘돼 가는 중이었다.

-수진아, 넌? 너도 안 돼?

-미안한데, 나도 오늘은 안 돼. 우리 할아버지 제사야. 엄마가 일찍 들어와야 한다고 신신당부를 했어.

-너희 엄마 아빠는 서로 말도 안 한다며, 할아버지 제사는 꼬박꼬박 지내나 보지?

－우리 집이 알아주는 종갓집이잖냐. 일 년에 딱 다섯 번 대화라는 걸 한다. 지방에서 친척들이 다 올라오거든.

－아직도 그런 집이 있어? 친척들 오면 피곤하겠다. 차라리 야간 자율 학습해야 한다고 말하고 가지 마. 친척들 다 가 버린 다음에 들어가는 게 훨씬 좋잖아?

－애가 속 편한 소리 하고 있네. 누가 그걸 모르니? 그러면 학교에 전화 오고 난리 칠 테니까 마지못해 가는 거지.

－친척들이 오는 게 그렇게 중요한 거냐?

－오죽하면 말 한마디 안 섞던 사람들이 서로 살가운 척 연기까지 하겠냐? 지난번엔 우리 아빠가 엄마 등까지 토닥이더라. 내 참 역겨워서. 쇼윈도 부부라고 들어봤냐? 그게 바로 우리 부모다.

－그게 뭔데?

희주가 물었다. 역시 희주는 아는 게 없다.

－남들 앞에서만 행복한 부부인 척하는 거지. 우리 엄마 아빠는 체면에 살고 체면에 죽는 사람들이다. 우리 엄마 아빠를 보고 있으면 차라리 결혼을 하지 않는 게 낫다는 생각이 든다. 요즘 나는 독신으로 사는 것에 대해 진지하게 생각 중이다.

수진이가 이를 갈았다. 선언을 하듯 땅바닥에 침도 뱉었다. 하지만 나는 수진이 말을 다 믿을 수는 없었다. 수진이는 남자들에게 관심이 너무 많았다. 한번 찍으면 자신에게 관심이 없는 게 분명한 남자애에게도 좀처럼 미련을 버리지 못했다.

－그래서 결국 아무도 나와 함께 있어 주지 못한다는 얘기지? 의리라고는 눈곱만치도 없는 계집애들.

나는 홧김에 내뱉었으나, 이내 후회했다. 내가 생각해도 말이 안됐다. 게다가 희주의 자존심을 건드릴 수 있는 위험한 발언이었다. 아닌 게 아니라 희주가 나를 짝 째려보았다.

―수진아, 쟤가 지금 뭐라고 지껄였냐? 지금 나보고 의리가 없다는 거냐, 저 미친년이?

―아무래도 그런 거 같지?

수진이의 목소리도 심상치 않았다.

―아니, 아니, 그런 게 아니라…….

내가 뒤늦게 얼버무렸으나, 결국 매타작을 당했다.

나는 하는 수 없이 겨울바람이 매섭게 몰아치는 황량한 거리를 혼자서 배회하고 다녔다. 교복 아래로 술술 찬바람이 밀고 들어왔지만 들어갈 만한 곳이 별로 없었다. 그렇다고 할머니가 버티고 있는 집으로 돌아가기는 싫었다. 예나 지금이나 할머니는 나를 가만히 내버려 두지를 않았다. 끊임없이 뭘 먹으라고 했다. 추운데 왜 다리를 내놓고 다니냐는 둥 귀에 좋지 않은 이어폰을 왜 끼고 자느냐는 둥, 잔소리도 그치지 않았다. 그래서 나는 집에 돌아오면 바로 내 방으로 들어가 문을 잠갔다. 그러면 또 문을 왜 잠갔냐는 둥……. 잔소리의 마지막은 '누가 지에미 딸 아니랄까 봐'였다.

무엇보다도 보기 싫은 것은 할머니와 동생이 친한 척하는 것이다. 동생은 할머니가 만든 음식을 넙죽넙죽 잘도 받아먹었다. 살이 토실토실 올라서 호빵 같던 얼굴이 대형 찐빵 같이 되었다. 게다가 할머니 음식이 최고라는 둥 이렇게 맛난 음식은 세상에 없을 거라는 둥, 이상한 소리를 지껄여 대며 엄지손가락을 시도 때도 없이 올려 댔다. 그러면 할머니는 신이 나서는 동생의 머리를 쓰다듬고, 어깨를 토닥이고, 온갖 스킨십으로 애정을 표현했다.

물론 질투하는 것은 아니다. 단지 웃길 뿐이다. 웃겨서 돌아 버리시겠다. 언제부터 그렇게 서로를 위했다고.

나와 동생 사이의 거리는 그렇게 해서 다시 멀어졌다. 내 잘 못은 아니다. 똥인지 된장인지도 구분하지 못하는 바보 같은 녀석이 먹을 것에 환장해서 적과 동맹을 맺어 버린 것이다.

든든한 동맹군을 얻은 할머니는 벌써 사흘이나 지났는데도 떠날 생각을 안 했다. 사흘이 나에게는 삼 주, 아니 석 달처럼 느껴졌다. 절이 싫으면 중이 떠난다고, 굴러 들어온 돌이 박힌 돌을 빼낸다고, 동생과 할머니에게 집을 빼앗긴 나는 집 없는 고아처럼 거리를 떠돌아다녔다.

나는 손님이 두 명 밖에 없는 작은 카페에 들어갔다. 카페는 소박하면서도 아늑했다. 창가 쪽에 자리를 잡고 앉았다. 약속 이라도 한 듯 오늘따라 카페도 거리도 한적했다.

－핫초코 한 잔 주세요.

뜨겁고 달달한 것이 먹고 싶었다.

학원 끝났어?

윤정훈에게 문자 메시지를 보냈다. 답장이 오지 않았다. 나 는 핫초코를 홀짝거리며 휴대폰 게임을 열 판 연속으로 했다. 시간을 죽이는 데는 이것도 괜찮았다.

카페를 나오자 진눈깨비가 내리고 있었다.

—아직. 무슨 일?

윤정훈은 한참 만에 답장을 보내왔다. 나는 그냥 씹었다. 희주에게도 수진이에게도 화가 나지 않았는데, 윤정훈에게는 화가 났다. 어쩌면 더 서운한 것인지도 모르겠다.

거리를 걷는 동안 얼음처럼 차가운 바람이 눈으로, 코로, 귀로 파고들었다. 어둠 속에서 떨고 있는 헐벗은 나뭇가지들이 내 모습 같았다. 쓸쓸하고 고독한.

엘리베이터에서 내리자 고성이 들려왔다. 싸움이 난 것이다. 그것도 우리 집에서. 이런 일은 처음이었다. 우리 가족은 대화 자체가 드물었기 때문에 싸울 일이 없었다. 물론 미국에서 돌아온 이후의 얘기다. 엄마와 헤어지고 미국에서 돌아온 후 아빠는 말을 잃어버렸으니까.

—그래서 이제 속이 시원하세요? 어머니가 원하시던 게 이런 거였어요?

아빠가 소리쳤다.

—그게 에미한테 할 소리가? 내가 언제 그 아한테 죽으라 했노? 저주라도 했나 말이다.

할머니도 지지 않았다.

—좀 더 살갑게 대해 줄 수도 있었잖아요. 그 불쌍한 여자한테 꼭 그렇게 차갑게 대해야 했어요? 어머니 눈에는 노력하는

게 안 보였어요? 잘해 보려고 애쓰는 게 안 보였냐고요!

─나는 그게 싫었다 아이가. 왜 그렇게 가식을 떠냔 말이다. 지가 켕기는 게 없으면 와 그렇게 쓸데없이 애를 쓰노.

─어머니는 처음부터 애들 엄마를 받아 줄 생각이 없었어요. 그렇게 색안경을 쓰고 보니 제대로 보일 리가 없죠.

─내가 모를 줄 아나? 혜윤이 다리에 멍을 만든 게 누군지 모를 줄 아나? 아범을 쥐 잡듯이 잡은 것도 모를 줄 아나?

─차라리 모른 척하지 그러셨어요. 그랬으면 문제가 커지지도 않았을 텐데. 우리가 해결하게 놔뒀어야죠.

─내 새끼가 다치는 게 보이는 데 우째 모른 척을 하노. 그러니까 애초에 갸는 안 된다고 했다 아이가. 내 이렇게 될까 봐 그렇게 반대했건만.

─그딴 소리 듣기 싫어요.

문을 쾅 닫는 소리가 들렸다.

─내가 첨부터 다 알아봤다 아이가. 아이고 내 팔자야. 내 늙어서 이게 무슨 일이고.

할머니의 넋두리가 점점 잦아들자, 흐느끼는 소리가 들렸다. 할머니가 울고 있는 것은 아니었다. 그 소리는 분명 현관문 밖 계단 아래서 들려왔다. 나는 고개를 내밀고 난간 너머 아래를 살펴보았다. 어두운 계단에 앉아 누군가 울고 있었다.

동생이었다. 동생이 쭈그리고 앉아 고개를 무릎에 파묻고 울고 있었다. 동생의 큼지막한 어깨가 들썩였다. 동생 옆에는 검은 비닐봉지가 놓여 있었다. 슈퍼에 갔다 온 모양이었다. 동생은 외투도 입고 있지 않았다. 추웠을 텐데 저 난리 통에 들어

가지도 못했구나. 명치끝이 콱 막히는 것 같았다.

나는 화가 났다. 아빠와 할머니에게 화가 났다. 부끄러운 줄
도 모르고 동네 시끄럽게 싸워서 화가 났다. 그 소리를 동생
이 듣게 해서 화가 났다. 겁먹은 동생이 들어가지도 못하고 추
운 데서 떨고 있게 만든 것에도 미치도록 화가 났다. 동생이 몰
라도 될 얘기를 듣게 한 것에는 백배는 더 화가 났다. 어른들은
왜 이토록 이기적이고 잔인하고 무책임할까.

나는 용기를 내어 동생에게 다가갔다. 내 외투를 벗어 동생
의 어깨에 덮어 주었다. 동생이 화들짝 놀라 고개를 들었다. 창
문으로 들어오는 희미한 가로등 불빛 속에 동생의 얼굴이 눈물
로 범벅이 되어 있었다. 동생은 의아한 표정으로 나를 빤히 바
라보더니 다시 고개를 숙였다.

우리는 한동안 아무 말도 하지 않았다. 동생이 갑자기 생각
났다는 듯이 외투를 벗어서는 내게 주었다.

─추웠을 텐데 덮고 있어. 도대체 언제부터 여기 있었던 거
니?

─누나도 춥잖아.

─난 괜찮아.

뼛속까지 시려 왔지만 나는 이를 악물었다. 우리는 다시 침
묵했다. 동생이 신발 뒤축으로 계단을 내리치는 동작을 반복했
다. 동생의 운동화 뒤축이 유난히 닳아 있었다. 비가 오는 날에
는 물이 샐 수도 있겠다 싶었다.

─누나, 아빠랑 할머니가 말한 게 무슨 말이야? 할머니가 엄
마를 미워했어?

동생의 물음에 나는 선뜻 대답을 하지 못했다. 대신 동생의 손을 꼭 잡았다. 동생의 손은 하도 살이 올라서 내 손아귀에 들어오지 않았다. 그래도 나는 손을 잡고 있었다. 이것도 5년 만의 일이었다. 너무 오랜만이라 그 촉감이 민감하게 느껴졌다. 동생의 손은 차갑고 거칠었다. 곱게 사랑을 듬뿍 받으며 자란 아이의 손은 아니었다.

새 운동화와 핸드크림. 동생에게 필요한 물품들이 머릿속에 저장되었다.

—그랬어? 할머니가 엄마를 미워했어?

동생이 다시 물었다. 나는 이번에도 대답하지 못했다.

—왜? 왜 미워했어?

뭐라고 말해야 할까? 열두 살 동생에게. 사실은 나도 잘 모른다고 할까?

나는 아무 말도 하지 않은 채 동생을 물끄러미 바라보았다. 동생의 표정이 어린아이답지 않게 딱딱하게 굳어 갔다. 이제부터는 동생도 할머니가 만들어 준 음식을 먹지 않을 것 같았다.

그날 밤 할머니는 짐을 쌌다. 밤늦도록 할머니가 부스럭대는 소리가 들렸다. 나는 그 소리를 들으며 잠이 들었다.

아침에 눈을 떴을 때, 할머니가 부엌에서 분주히 움직이는 소리가 들렸다. 또 음식을 만드는 모양이었다. 떠나기 전에 밑반찬을 만드는가 보다. 도우미 아줌마가 알아서 할 텐데 하여간 오지랖도 넓다. 미역국 냄새가 문틈으로 새어 들었다. '웬 미역국?' 하다가 갑자기 생각났다. 오늘이 내 생일이다.

미국에서 돌아온 후 5년 동안 내 생일을 기억해 주는 사람은 아무도 없었다. 나는 매년 아빠의 생일에 선물을 했지만, 아빠는 한 번도 내 생일을 기억하지 못했다. 초등학교 때는 정말 슬펐다. 중학교 때는 아빠에게 큰돈을 뜯어내서는 비행기 표를 사기 위해 만든 통장에 넣었다.

나는 할머니가 끓이는 미역국 냄새가 싫었다. 할머니는 늘 자기 맘대로 사랑을 베풀고는 받지 않으면 화를 낸다. 이쯤 되면 사랑도 폭력이다. 오늘 아침 내가 미역국을 먹지 않는다면 또 버럭 화를 낼 것이다. 차라리 몰래 학교에 가 버릴까 보다. 할머니는 내가 집에 돌아오기 전에 떠났을 것이다. 그러면 나는 미역국을 하수구에 모두 쏟아부을 것이다.

−혜윤이 자나?

할머니다.

−문은 왜 이렇게 잠갔노. 들어올 사람이 누가 있다고.

할머니는 손잡이를 이리저리 돌려 댔다.

−혜윤이 아직도 자나? 어여 인나서 학교 가기 전에 한술 뜨고 가그라.

나는 또 대답을 하지 않았다.

−형준이 야는 언제 학교에 갔노. 밥도 안 묵고 모 한다고 학교는 이래 일찍 갔노.

형준이가 벌써 학교에 갔다고?

휴대폰으로 시간을 확인하니 일곱 시 반이다. 할머니는 미역국을 끓이기 위해 일찍 일어났을 것이다. 늦어도 여섯 시 반에는 일어났을 것이다. 그런데 동생을 보지 못했다면 동생은 도대체 언제 일어나서 언제 집을 나갔단 말인가.

어쨌든 동생이 선수를 친 것이다. 나도 서둘러 학교에 갈 준비를 했다. 신발을 구겨 신고 뛰어 나가려는데, 할머니가 불렀다.

—니 뭐 하노? 벌써 학교 가나? 밥도 안 묵고?

할머니가 원망이 잔뜩 섞인 목소리로 말했다.

—이리 좀 와 본나.

나는 현관에서 움직이지 않았다.

—할매 이제 가면 언제 또 올지 모른다. 이리 좀 와 본나.

할머니가 체념 섞인 목소리로 말하더니 한숨을 내뱉었다. 나도 더는 거역할 수 없었다. 내가 할머니 옆에 앉자 할머니가 내 손을 덥석 잡았다. 나는 마귀할멈에게 손을 붙들린 것처럼 소스라치게 놀랐다. 한 번 잡은 손을 다시는 놓지 않을 것처럼 할머니는 내 손을 꼬옥 붙들었다. 할머니의 손은 손가락 마디가 굵고 거칠었다.

—혜윤이 니도 니 엄마랑 아빠가 이렇게 된 게 내 때문이라고 생각하나.

할머니는 내 대답을 기다리는 것 같지는 않았다. 질문이라기보다는 넋두리처럼 들렸다. 체념 같기도 하고 한숨 같기도 한. 아마도 할머니는 내가 그렇게 생각한다고 확신하고 있을 것이다.

하지만 나는 그 순간 내 자신에게 그 질문을 다시 던지고 있었다. 우리 가족에게 일어난 모든 불행의 원인이 할머니일까? 나는 그래서 할머니를 미워하는 것일까? 내가 대답을 하기 전에 할머니가 다시 입을 열었다.

  ―니 애비하고 니 에미하고 갈라서길 바란 적 없다. 어느 부모가 그걸 바라겠노. 무슨 영화를 보겠다고.

  더 이상 그딴 얘기는 듣고 싶지 않았다. 변명이든, 비난이든, 어른들의 싸움에 휘말리는 것은 지긋지긋했다. 할머니의 이야기가 이어지는 동안 나는 딴 생각을 했다. 형준이는 그렇게 일찍 어디로 갔을까? 설마 학교에 바로 갔을까? 그 먹성 좋은 녀석이 무슨 생각으로 아침을 다 굶었을까? 지금쯤 후회하고 있지는 않을까? 녀석에게 자존심이 있을 것 같지 않았는데, 제법이다…….

  ―다른 사람은 몰라도 니는 니 엄마를 미워해선 안 된다.

  할머니의 입에서 믿을 수 없는 말이 튀어나왔다. 나도 모르게 이 말이 귀에 꽂혔다. 나는 딴생각을 멈추고 할머니를 바라보았다.

  ―혜윤아, 알고 보면 니 엄마가 젤로 불쌍한 사람이다. 니는 무슨 일이 있어도 니 엄마를 미워해선 안 된다.

  할머니의 눈가가 촉촉해졌다.

  당황스러웠다. 나는 시선을 마룻바닥으로 내리꽂았다. 손가락으로는 죄 없는 마룻바닥을 빡빡 문질러 댔다.

  ―혜윤아, 미역국 먹고 가라. 니 생일아이가.

  내 마음이 약해진 것을 귀신같이 알아챈 할머니가 그 틈을 비집고 들어왔다. 나는 잠깐 망설였다. 이런 집요함은 질색이지만, 오늘은 참아 주기로 했다. 나는 할머니가 이끄는 대로 못 이기는 척 식탁 앞에 앉았다. 얼마나 고았는지 미역과 고기의

맛이 진하게 우러났다. 도대체 이걸 만들겠다고 얼마나 일찍 일어났던 걸까.

　−맛있나?

　내가 두 숟가락을 떠먹자마자 할머니는 기다렸다는 듯이 물었다. 나는 고개를 끄덕였다.

　할머니가 활짝 웃었다. 얼굴 가득한 주름이 더 깊어졌다. 웃고 있지만 슬퍼 보였다. 나는 고개를 돌렸다. 나도 모르게 또 마음이 약해질 뻔했다.

　왜 사람들은 내 앞에서 약자인 척하는 거지? 피해를 입은 사람은 난데 말이야. 왜 자꾸 자신들을 봐 달라고 하는 거지?

　−학교 갈 시간이에요.

　나는 퉁명스럽게 말하며 일어섰다. 할머니는 다시 시무룩해진 얼굴로 고개를 끄덕였다.

　−조심해서 가세요.

　나는 현관문을 나서며 말했다. 갑자기 친근하게 굴기도 웃긴 것 같아 무심한 말투로 말했다.

　할머니는 나에게 수없이 많은 음식을 해 줬다. 그 모든 음식이 싫었던 거냐고?

　사실은 그렇지 않았다. 할머니가 해 준 음식 중에는 정말 맛있는 것도 있었다. 갈치조림이나 오이소박이는 지금 생각해도 입에 군침이 돈다. 그래도 나는 툴툴거리며 먹었다. 마치 이번 한 번만 먹어 주겠다는 듯이. 그러면 할머니는 "가시나가 또 유세를 떤다"며 노려보면서도, 좋아서 입이 쩍 벌어졌다.

나는 왜 그렇게 할머니에게 함부로 굴었을까? 어쩌면 할머니는 내게 유일하게 만만한 사람이었는지도 모른다. 내 짜증과 성질을 다 받아 줄 수 있는.

집에 돌아와 보니 예상했던 대로 할머니는 없었다. 어쩐지 조금 슬펐다. 그렇다고 할머니를 보고 싶어 하는 것은 아니다. 그냥 좀 미안한 생각이 들었다. 할머니의 얼굴이 이전보다 더 쭈글쭈글해져서인지도 모르겠다.

생태탕은 다 토해 버렸지만 미역국은 그러지 않았다. 미역국을 먹길 잘했다.

13. 마침내 사건이 터졌다

사마귀뿔테안경의 전화를 받았다. 형준이가 같은 반 아이를 패서 코피가 터지고 코뼈에 금이 갔다고 했다. 사고를 제대로 친 것이다.

－형준이는 소년원에 가는 건가요?

나는 떨리는 음성으로 물었다.

－그 엄마를 설득해 봐야지. 소년원까지는 가지 않겠지만 치료비는 내야 할 거야.

휴, 나는 가슴을 쓸어내렸다. 머릿속으로 통장에 있는 돈을 떠올렸다. 미국행 비행기 값으로 모아 놓은 돈. 충분할까?

－저……

－왜? 무슨 할 말 있니?

－아빠는 모르셨으면 좋겠어요.

나는 풀 죽은 목소리로 말했다. 마치 내가 죄를 지은 것 같았다.

—이제는 아빠도 아셔야 하지 않을까? 형준이가 더 심각해지기 전에.

—제가 어떻게든 해 볼게요. 아빠에게는 연락하지 마세요.

—꼭 그래야 한다고 생각하니?

—네.

잠시 뒤 사마귀뿔테안경의 나직한 목소리가 들려왔다.

—혜윤이라고 했지?

—네.

—자작나무를 본 적이 있니? 나무껍질이 하얗고 잎이 서로 어긋나면서 붙어 있는 키가 큰 나무 말이야.

—네, 알아요. 학교 가는 길에도 있어요.

—러시아에 가면 거대한 자작나무 숲이 있다더라. 자작나무들이 기특하게도 툰드라의 차가운 바람을 뚫고 자라나 근사한 숲을 만들어 낸 거지.

—네.

—너도, 형준이도 결국은 이겨 낼 거야. 서로서로 의지하면서.

사마귀뿔테안경은 일부러 밝은 소리로 말했지만 위로가 되지는 않았다.

그날 동생은 아홉 시가 다 되어 들어왔다. 동생은 기가 팍 죽어서는 내 시선을 피했다.

—저녁은 먹은 거야?

사실 동생이 그 시간까지 아무것도 안 먹었을 거라고 생각하지는 않았다. 하지만 동생은 고개를 저었다.

　—괜찮아. 배 안 고파.

　내가 도저히 믿을 수 없다는 눈길로 동생을 훑어보는 순간, 동생의 배에서 꼬르륵 소리가 들려왔다.

　동생의 배는 항상 무언가로 채워져 있어서 그런 소리가 날 일이 없었는데.

　—밥 차려 줄 테니까 씻고 와.

　나는 동생의 꼬질꼬질한 몰골을 보며 말했다. 울기라도 한 건지 얼굴이 얼룩덜룩했다.

　—아냐, 정말 괜찮아. 신경 안 써도 돼.

　동생이 풀 죽은 목소리로 말했다. 도둑고양이마냥 여전히 내 눈치만 살피면서.

　—빨리 씻고 오라니깐.

　나는 부엌으로 들어가며 말했다.

　사양할 때는 언제고 동생은 밥 한 그릇을 순식간에 비워 버렸다.

　—천천히 먹어.

　나는 물컵을 동생의 밥그릇 옆으로 밀었다.

　—어, 누나.

　대답은 그렇게 해도 동생의 식사 속도는 전혀 줄지 않았다. 그릇에 꽉꽉 채운 밥을 두 공기나 먹고도 동생은 아쉬운 표정이었다.

　—이것도 먹어.

나는 동생 앞에 귤 다섯 개를 내밀었다.

ㅡ고마워, 누나.

귤을 까먹는 동생을 물끄러미 바라보다 드디어 말을 꺼냈다.

ㅡ너희 담임 선생님한테 전화가 왔었어.

동생이 움찔하더니 고개를 푹 떨어뜨렸다.

ㅡ아빠한테 이를 거지…….

동생은 그게 제일 걱정되는 모양이었다. 동생의 두 귀와 목덜미가 시뻘겋게 달아올랐다.

ㅡ아니, 아빠한텐 말 안 할 거야.

ㅡ정말?

동생이 두 눈을 번쩍 뜨고 나를 바라보았다.

ㅡ그래.

ㅡ고마워, 누나. 앞으로 누나 말 잘 들을게.

동생의 눈가가 촉촉해졌다.

ㅡ그러라고 말 안 하는 건 아냐.

ㅡ아냐, 정말 잘 들을게. 충성할게.

동생이 정색을 하고 말했다. 믿어 달라는 듯이. 나는 피식 웃음이 나왔다. 이 상황에서 웃으면 안 되는데…….

ㅡ그런데 누나, 치료비는 어떻게 하지? 애들이 그러는데 백만 원은 줘야 할 거래. 조금이라도 모자라면 나는 감옥에 갈 거래.

동생이 부엌 바닥이 꺼질 것 같은 깊은 한숨을 내쉬었다.

ㅡ걱정 마. 내 통장에 백만 원 보다 더 많이 들어 있으니까

네가 감옥에 갈 일은 없을 거야.

　-정말?

동생의 눈이 휘둥그레졌다. 입도 헤벌어졌다.

　-그래. 못 믿겠다면 통장을 보여 줄 수도 있어.

　-아냐, 아냐. 믿어. 누나는 정말 멋진 사람이구나.

동생은 진정으로 존경 어린 눈으로 나를 바라보았다.

　-그러니까 걱정 말고 귤이나 먹어.

나는 좀 부끄러워져서 퉁명스럽게 말했다.

　-누나가 그렇게 부자인 줄은 몰랐어.

동생은 귤 하나를 입에 넣고 나를 바라보고, 또 하나 입에 넣고 나를 바라봤다. 자신 앞에 앉아 있는 사람이 그토록 유능한 사람인지 처음 알았다는 표정이었다. 유치한 사람이 되고 싶지는 않았지만, 우쭐한 기분이 드는 건 어쩔 수 없었다.

은행에 가서 돈을 찾았다. 사마귀뿔테안경을 통해 전해 들은 치료비 액수보다 더 많이 찾았다. 그동안 고이고이 모아 두었던 돈이 이렇게 쓰일 줄은 몰랐다. 화가 나거나 억울하지는 않았다. 더 이상 미국에 갈 일도 없어서 딱히 쓸데도 없었다. 아빠가 나를 돈으로 키워서 돈에 대한 미련이 없는 것인지도 몰랐다. 아빠는 필요하다고 말하면 언제든 이유도 묻지 않고 돈을 줬으니까.

하얀 봉투에 치료비와 함께 동생이 쓴 편지를 넣었다. 말이 편지지 반성문이었다. 맞은 아이 엄마가 다짜고짜 부모를 만나야겠다고 해서 사마귀뿔테안경이 애를 먹은 모양이었다. 그 엄마의 마음을 돌리는 방편으로 사마귀뿔테안경은 진심 어린 사과 편지를 생각해 냈다.

처음에 동생은 사과 편지를 영어로 써 왔다.

—야, 너 누구 열 받게 할 일 있어? 너 이러다 진짜 감옥에 가는 수가 있어.

나는 동생의 머리를 딱 소리가 나게 쥐어박았다. 동생은 머리를 문지르며 곤란하단 표정을 지었다.

—빨리 다시 못 써!

내가 소리를 지르자 동생은 도망치듯 물러났다. 나는 소파에 앉아 TV를 보는 척하며 곁눈질로 동생을 관찰했다. 동생은 식탁 앞에 앉아 머리를 쥐어짰다. 한 시간이 다 되어 가도록 동생은 편지를 가져올 생각을 하지 않았다.

참다 참다 도저히 더는 참을 수가 없어서 나는 소파에서 일어났다. 살금살금 동생 뒤로 다가가 보니, 아예 머리카락을 쥐어뜯고 있었다. 나는 동생의 어깨 너머로 편지지를 들여다보았다.

진구에게

코피가 나서 정말 미안해.
코뼈가 부러진 것도 미안해.
그렇게 댈지 모랐어.
정말이야.

코벼가 그러케 약하지 모랐어.

마니 아프지.

너네 엄마에게 나를 용서해주라고 말해주게니?

설마 나를 감옥에 보내 거는 아니지?

누나가 치로비를 마니 준비했어.

동생이 써 놓은 것은 달랑 열 줄이었다. 그 열 줄마저도 말이 안 되었다. 내용은 둘째 치고 맞춤법이 엉망이었다. 나는 동생의 한국어 실력이 이 정도일 줄은 정말 상상도 하지 못했다. 이건 초등학교 1학년보다도 못했다.

　－야!

나는 또 동생의 뒤통수를 세게 쥐어박았다.

　－앗, 깜짝이야. 누나 언제 왔어?

　－너 이거 진지하게 쓴 거야?

　－어? 진지가 뭐야?

　－장난친 거 아니냐고!

　－물론이지.

동생은 억울하다는 표정을 지었다.

　－정말 힘들게 썼단 말이야.

동생이 쥐어뜯은 머리카락이 식탁 위에 흩어져 있는 것이 보였다.

　－너 반성문 한 번도 안 써 봤어?

　－응.

　－거짓말 마. 넌 모범생 타입 하고는 거리가 멀어. 이게 어디

서 누굴 속이려고!

　—거짓말 아니야. 미국 학교에서는 반성문 같은 거 없었어.

　—진짜야?

　—응. 제발 믿어 줘.

　동생이 간절한 표정을 지어 가며 말했다. 거짓말이라고 해도 확인할 방법이 없었다.

　—근데 누나는 반성문 많이 써 봤어?

　형준이가 눈을 끔뻑이며 물었다.

　—내가 반성문을 왜 쓰니?

　나는 눈을 흘겼다.

　—누나도 모범생 타입은 아니잖아.

　—뭐? 뭘 보고 내가 모범생이 아니래?

　—누나는 학교도 막 빠지고…… 지각도 잘 하고…… 공부도 안하고……

　동생의 말을 듣는 동안 내 표정이 마구 일그러졌다. 막살겠다는 목표를 정말 충실히 지켜 온 게 틀림없었다. 그런데 막상 동생에게 그런 말을 들으니 무척 당황스러웠다. 얼굴이 화끈 달아올랐다.

　—그래도 누나, 난 누나를 제일 존경해.

　—뭐?

　—동생이 감옥에 가지 않도록 지켜 주는 누나는 세상에 우리 누나밖에 없을 거야.

　동생은 두 엄지손가락을 치켜들고 활짝 웃었다. 도대체 웃어야 할지 화를 내야 할지.

결국 나는 동생과 머리를 맞대고 반성문 겸 사과 편지를 썼다. 두 시간 가까이 고민한 끝에 겨우 완성했다. 나도 남에게 아쉬운 소리를 해 보긴 처음이라 무척 힘들었다. 완전히 탈진해서 우리는 거실 바닥에 널브러졌다.

　-누나, 배 안 고파?

　-고파.

　-자장면 먹을래?

　-그럴까?

　-이건 내가 쏠게.

　-니가 돈이 어딨다고.

　-용돈 남아 있어.

　-됐어. 돈은 내가 낼 테니까 주문이나 해.

　-아냐, 누나. 나도 누나를 위해 뭔가 하고 싶어.

　동생은 전단지를 보고 중국집에 전화를 걸었다.

　-여기, 자장면 두 개요. 아, 잠깐만요.

　동생이 주문을 하다 말고 나를 돌아보더니 물었다.

　-누나, 탕수육도 시킬까?

　그러더니 씩 웃으며 탕수육도 추가했다. 주문을 하는 동생의 목소리가 우렁찼다. 그렇게 자신감이 넘칠 수가 없었다. 사과 편지를 쓰느라 머리를 쥐어뜯던 동생의 모습은 찾아볼 수 없었다. 그러고 보니 신기했다. 한글 실력이 그토록 형편없는 것에 비하면 말하는 것은 유창하다고 할 수 있었다.

　-아저씨, 군만두 서비스 되나요?

　나는 내 귀를 의심했다.

그런 건 또 어디서 배웠지?

―누나, 이제 몇 정거장 남았어?

―세 정거장.

동생은 버스에서 내내 안절부절못하더니, 병원 입구에 도달하자 사시나무 떨듯 떨었다.

―그렇게 무서워할 것 없어.

―응, 누나.

대답은 그렇게 해도 얼굴은 하얗게 질려 있었다.

―치료비도 요구한 액수보다 더 넣었고 사과 편지도 썼으니까 괜찮을 거야.

―애들이 그러는데 진구네 엄마가 되게 무섭대.

나는 동생의 어깨를 두드리고 손을 잡아 주었다. 동생은 손가락 두 개를 꼬고 있었다.

―행운을 비는 거야.

동생이 말했다.

사마귀뿔테안경이 알려 준 대로 서쪽 병실 507호를 향해 걸어갔다. 병실이 가까워 올수록 발걸음이 무거워졌다. 이제 동생뿐만 아니라 나도 몹시 긴장이 되었다. 열일곱 살에 문제아의 보호자 역할을 해야 하다니……. 내 인생이 왜 이렇게 꼬인건지 모르겠다.

우리는 심호흡을 하고 마음을 단단히 먹은 뒤 병실 문을 열었다. 6인용 병실에는 할아버지 환자 하나, 아저씨 환자 하나, 어린이 환자 둘이 입원해 있었다. 어린이 환자 한 명은 키도 덩치도 동생과 비슷했다. 얼굴도 까무잡잡한 게 사고 좀 치고 다닐 것 같았다. 반면 다른 한 명은 키도 작고 무척 마른 아이였다. 나이도 동생보다 적어 보였다. 덩치가 큰 애는 팔에 깁스를 하고 있었고 작은 아이는 코에 붕대를 붙이고 있었다. 그러니 진구는 작은 아이였다.

진구는 몸무게가 동생의 반도 안 되어 보였다. 누가 보아도 동생이 너무했다. 동생은 어쩌자고 이런 애를 두드려 팼을까. 정말 옆에 있기 부끄러웠다. 동생의 머리를 한 대 쥐어박고 싶었지만 꾹 참았다.

진구 엄마에게 우리는 꾸벅 인사를 했다. 진구 엄마도 체구가 작고 왜소했지만 두 눈은 불꽃이 튈 것처럼 이글이글 불타고 있었다. 아마도 동생의 거대한 덩치를 보니 더 화가 나는 모양이었다. 다행히 사마귀뿔테안경이 먼저 와 있었다.

─형준이 너, 반성 많이 했지? 다신 이런 일 없는 거지?

사마귀뿔테안경은 진구 엄마와 우리 사이에 끼어들며 말했다. 동생이 고개를 숙인 채 끄덕였다. 나도 뭐라고 말해야 할 것 같은데 선뜻 입이 열리지 않았다.

─죄송합니다.

간신히 말하며 준비해 온 봉투를 내밀었다.

─치료비예요.

─용케 구했구나.

사마귀뿔테안경은 치료비를 받아 진구 엄마에게 건넸다. 사마귀뿔테안경이 어떻게 설득을 한 것인지 몰라도, 진구 엄마는 아빠를 만나겠다는 말은 하지 않았다. 아마도 우리에게 엄마가

없다는 사실이 그 아줌마의 마음을 움직였을 것이다. 엄마가
없다는 게 방패가 될 줄은 몰랐다.

나는 동생의 옆구리를 쿡 찔렀다.

－잘못했어요, 아줌마. 진구야, 미안해.

동생이 모기만 한 목소리로 말했다. 진구라는 애가 머리를
끄덕였다. 진구는 아직도 동생과 눈을 맞추지 못했다. 화가 난
것 보다는 무서워하는 것 같았다. 그 모습이 진구 엄마를 더 열
받게 했다.

－너 깡패야? 왜 애를 두들겨 패! 어디서 그런 못된 것을 배
웠어?

진구 엄마가 표독하게 노려보며 버럭 화를 냈다. 참았던 화
가 다시 도진 모양이었다.

－아이고, 진구 어머니, 왜 이러세요. 이 녀석도 이젠 정신
차렸을 거예요.

사마귀뿔테안경이 재빨리 끼어들었다.

－누나가 잘 알아든게 말했지?

사마귀뿔테안경이 내게 눈짓을 했다.

－네. 다신 안 그럴 거예요.

나는 동생 대신 머리를 조아렸다.

－너, 앞으로 이런 일이 한 번만 더 있으면, 그땐 너희 아빠
만나서 담판을 지을 거야. 알겠어?

－네.

나와 형준이는 고개를 푹 숙인 채 대답했다.

－인석아, 양심이 있어야지. 싸움을 하려면 적어도 체급은

맞춰서 해야지.

옆 침대에 앉아 있던 할아버지 환자가 혀를 차며 말했다.

―그러게. 해도 너무 했네. 그럼 못써, 이놈아. 센 놈한테는 꼼짝도 못하면서 약한 애들만 괴롭히는 놈들이 제일 한심한 놈들이다.

그 옆의 아저씨 환자도 거들었다. 주위 사람들이 형준이를 비난하자 진구 엄마는 화가 좀 풀리는 모양이었다. 진구 엄마는 한숨을 푹푹 쉬고는 됐다고 돌아가라고 말했다. 졸지에 동생은 비겁하고 비열한 놈이 되어 버렸지만, 덕분에 풀려날 수 있었다.

사마귀뿔테안경의 중재로 그 일은 그쯤에서 마무리되었다. 소년원 얘기도 나오지 않았다. 무엇보다도 다행인 것은 아빠가 모르게 잘 넘어간 것이다. 나는 가슴을 쓸어내렸다. 동생을 힐긋 보니 하얗게 질렸던 얼굴이 간신히 혈색을 찾아가고 있었다.

그날 밤, 나는 3분의 1 가량의 돈이 날아간 통장을 한참동안 만지작거렸다. 아빠가 돈으로 나를 키우더니, 나는 돈으로 누나 노릇을 했다. 우리 집은 어떻게 된 게 모든 관계가 돈으로 맺어졌는지 모르겠다.

통장이 가벼워졌는데 기분은 나쁘지 않았다. 통장이 없었다면 어떻게 되었을까? 돈을 모으지 않았다면 어떻게 되었을까? 홧김에 통장을 찢기라도 했다면? 나는 그러지 않은 것에 대해 안도했다.

나는 계속해서 돈을 모으기로 했다. 언젠가 또 유용하게 쓰일 수 있도록. 물론 동생이 또 사고를 치길 바라는 것은 아니다.

14. 위로가 필요한 날

내 생활에 작은 변화가 생겼다. 학교가 끝나면 희주와 수진이와 싸돌아다니는 대신 집으로 돌아왔다. 희주와 수진이는 나의 변화에 대해 무척 당황해했다. 희주는 내가 타고난 또라이라고 했다. 혈관을 타고 또라이의 피가 흐른다고. 그렇다고 관계가 멀어진 것은 아니었다. 희주나 수진이에게 한번 친구는 영원한 친구였다.

처음 내가 일찍 집에 돌아왔을 때 동생은 무척 당황하는 눈치였다. 친구도 없는 녀석이 뭘 하다 온 것인지 동생은 일곱 시가 넘어서 돌아왔다. 동생은 소파에 앉아 있는 내 모습을 보고는 매번 깜짝깜짝 놀랐다.

나는 매일 저녁 동생을 위해 밥을 차렸다. 도우미 아줌마가 만들어 놓고 간 된장찌개를 데우고 밑반찬을 꺼내서 동생 앞에 차려 주었다.

—고마워.

동생은 고마워하기보다는 불편해하는 것 같았다. 밥을 먹으면서도 계속 내 눈치를 살폈다. 내가 뒤룩뒤룩 살을 찌워서 잡아먹으려는 마귀할멈이라도 되는 것처럼.

—물 마시면서 먹어.

나는 물컵도 가까이 밀어 주었다.

—응. 누나는 안 먹어?

—나도 먹을 거야.

나는 동생과 마주 앉아 밥을 먹었다.

—누나, 요즘은 안 바빠?

—왜?

—만날 일찍 들어와서……. 혹시 친구들이랑 싸웠어? 누나 왕따야?

—왜 일찍 들어오니까 싫어?

—아니. 나야 좋지. 누나가 심심해 보여서 그러지.

—입에 침이나 바르고 거짓말해.

동생은 양심에 찔렸던지 잠잠히 밥을 먹었다.

—누나, 호랑나비 본 적 있어?

밥을 먹다 동생이 엉뚱한 소리를 했다.

—글쎄. 기억은 안 나지만 지금까지 몇 번은 봤겠지. 뭐 보기 힘든 것도 아니잖아.

—난 분명히 봤어.

—언제?

나는 대수롭지 않게 물었다. 궁금해서가 아니라 그냥 형식

146

적으로 물은 질문이었다. 그런데 동생은 씩 웃더니, 아무 대답도 하지 않았다. 그게 무슨 대단한 비밀이라도 된다는 듯이.

　―말하기 싫으면 말고.

　나는 더 이상 묻지 않았다. 사실 그렇게 궁금하지도 않았다. 초등학생에게나 중요한 그런 얘기라고 생각했다. 그러자 동생이 덧붙였다.

　―창문 밖에서 날고 있었는데 내가 창문을 열어 주니까 날아 들어왔어.

　―그래?

　역시 별 얘기가 아니었다.

　―호랑나비가 창가에 앉아서 나를 보고 날갯짓을 했어.

　동생의 말을 듣고 나는 풋, 웃음을 흘렸다. 몸집은 작은 곰처럼 생겨서는 나름 감상적인 데가 있다.

　―정말이야. 나에게 날갯짓을 했어. 나에게 말을 거는 것 같았어.

　내가 믿지 않는다고 생각했던지 동생은 힘주어 말했다.

　―알았어. 알았으니까 이제 밥이나 먹어.

　나는 된장찌개에 밥을 쓱쓱 비벼 먹으며 말했다. 집에서 누군가와 밥을 같이 먹는 일은 오랜만이었다. 그것도 일주일째 계속된다는 것은 정말 오랜만이었다. 밥맛이 특별히 더 좋거나 더 나쁘거나 하지는 않았다.

　다른 게 있다면 시간이었다. 이전에는 밥을 먹는다는 것은 허기를 채우는 일이었다. 오래 걸려 봤자 20분이면 끝났다. 동생과 같이 밥을 먹게 되면서 시간은 두 배 이상 늘어났다. 동생이 항상 두 그릇씩 먹기 때문이기도 했지만 또 다른 이유도 있었다.

우리는 간간이 대화를 나눴다. 동생과 나의 대화는 수다스럽지는 않았다. 재밌지도 않았다. 대신 고요했다. 동생이 한마디를 던지면 한동안 침묵이 흘렀다. 내가 한마디를 던져도 마찬가지로 침묵이 흘렀다.

침묵은 우리가 서로를 이해하는 데 걸리는 시간 같았다. 서로 떨어져 지냈던 5년이라는 시간 동안 서로에 대한 정보가 없었다. 그 공백을 이해하기 위해서, 우리는 대화 중간중간 쉬어갈 필요가 있었다.

─엄마가 죽은 날이었어.

동생이 침울한 목소리로 말했다.

캑, 동생의 말을 듣는 순간, 밥알이 목구멍에 걸렸다.

다음 날도 동생은 수수께끼 같은 말을 던졌다. 우리는 소파에 나란히 앉아 TV를 보고 있었다. 코미디 프로그램이었다. 우리가 까 놓은 귤껍질이 탁자 위에 수북이 쌓여 갔다. 과자 봉지도 세 개째 비워지고 있었다. 그 중 4분의 3은 동생이 먹은 것이었다.

개그맨 다섯이 한 팀이 되어 만든 코너였는데 꽤 웃겼다. 네 명에서 짜고 한 명만 바보로 만드는 것이었다. 아이디어가 기발하고 재밌어서 나는 낄낄거리며 웃었다. 웃다 보니 배가 고팠다.

─피자 시켜 먹을까?

내가 말했다. 동생은 대답이 없었다.

—배 안 고파?

못 들었나 싶어서 다시 말했다. 여전히 동생은 아무 말도 하지 않았다. 그제야 나는 동생에게 시선을 돌렸다.

동생의 눈에서 눈물이 줄줄 흘러내리고 있었다. 동생은 소리도 내지 않은 채 울고 있었다. 대체 언제부터 저러고 있었던 걸까?

—너 왜 그래? 어디 아파?

내가 동생을 흔들며 물었다. 그제야 동생은 나를 바라보았다. 동생의 동공이 텅 빈 것처럼 느껴졌다. 호빵 같은 얼굴도, 돼지처럼 뚱뚱한 몸도 다 텅 빈 것 같았다. 당장이라도 무너져 내릴 것처럼 동생은 기운이 없어 보였다. 나는 동생의 이마를 짚어 보았다. 머리가 뜨거웠다.

—너 열나잖아. 언제부터 이랬어?

동생은 말하는 법까지 잊어버린 것처럼 입을 열지 않았다. 멍한 표정으로 나를 멀뚱멀뚱 바라보기만 했다.

—기다려 봐. 어디 해열제가 있을 거야.

나는 약상자를 찾아 창고 방에 들어갔다. 내가 시작하고 동생이 보수 공사를 한 모형 집이 또다시 시선을 끌었다. 모형 집 안에 있는 엄마와 동생을 물끄러미 바라보았다.

동생은 왜 자신을 어릴 적 모습으로 만들었을까? 다른 사람들은 모두 변했는데 왜 자신은 변하지 않은 것으로 표현했을까? 뚱뚱해진 제 모습이 싫은 걸까?

다행히 약상자 안에 해열제가 들어 있었다.

−자, 이거 먹고 일단 열부터 내리자.

동생은 내가 준 해열제와 물을 받아먹었다.

−고마워.

모기만 한 목소리로 동생이 말했다.

−그딴 말 안 해도 돼.

동생에게 이불을 덮어 주고 돌아서려는 순간, 동생이 수수
께끼 같은 말을 던졌다.

−누나, 그 새끼들이 나한테 저렇게 했어.

−누구? 그 새끼가 누군데?

−미국 놈들.

−미국 애들이 너한테 어떻게 했는데?

−걔들끼리 짜고 나를 바보로 만들었어.

−왜, 네가 동양인이라서?

−처음엔 그런 줄 알았어.

−근데 아니었어?

−다른 한국 애들도 있었거든. 그 애들에게는 안 그랬어.

−그럼 한국 애들이랑 어울리지 그랬어?

동생이 고개를 저었다.

−한국 애들도 똑같아. 그 애들도 나를 놀렸어.

−뭐라고? 뭐라고 놀린 거야?

−냄새 난다고.

−무슨 냄새?

−홈리스 냄새.

−홈리스? 노숙자 냄새 말이야?

−응.

−너, 집 없었어?

−아니.

동생이 도리질을 쳤다. 저렇게 열이 날 때 머리를 흔들면 머리가 더 아플 텐데.

−그럼, 그게 무슨 소리야?

동생은 말없이 고개를 푹 숙였다. 동생의 표정을 볼 수 없었지만, 짐작할 수 있었다. 열두 살 소년이 겪었을 고통. 눈물이 핑 돌았다.

−엄마도 알고 있었어? 네가 그딴 취급을 당하고 있었던 거.

동생은 여전히 대답을 하지 않았다.

−도대체 엄마는 뭐했어? 아무 것도 안 했어?

나는 따지듯이 물었다.

−누나, 엄마는 아팠어.

동생이 말했다. 이번에는 내가 아무 말도 하지 못했다.

−엄마는 아팠어, 아주 많이.

동생이 다시 말했다. 내가 못 듣기라도 했을까 봐.

−언제부터?

−작년에 교통사고를 당한 후부터.

−많이 다쳤어?

−응. 차가 뒤집혔었거든.

−그렇게 큰 사고가 났었어?

동생이 고개를 끄덕였다.

−너는? 너는 안 다쳤어?

-나는 그 차에 타고 있지 않았어. 엄마가 나를 캠프에 내려 주고 돌아가던 길이었거든.

-아, 그래…….

-나는 엄마가 누워 있는 집에 들어가기가 싫었어. 그래서 만날 돌아다녔어. 아무 데나. 그래서 애들이 나를 그렇게 놀렸어.

가슴이 답답해졌다. 가슴속에서 뜨거운 것이 치밀어 오르는 것 같았다.

-이제 자.

나는 간신히 목소리를 짜내어 말했다.

동생을 소파에 눕혔다. 담요를 동생의 목까지 올려 주었다. 동생이 눈을 감고 잠이 들 때까지 기다렸다.

동생의 코 고는 소리가 들리자, 나는 외투를 집어 들고 밖으로 나왔다. 차가운 바람이 사정없이 얼굴을 때렸다. 누군가 쉬지 않고 내 뺨을 갈기는 것처럼 얼얼했다. 눈물이 자꾸 흘러서 바람이 더 차갑게 느껴졌다. 나는 아무 생각도 하지 않으려고 애를 썼다. 지금은 너무 아팠다. 지금은 견뎌 낼 수 없을 것 같았다. 동생도 엄마도 떠올리지 않기 위해 나는 똑바로 걷기만 했다. 간판도 보지 않았고 쇼윈도도 보지 않았고 지나가는 사람들도 보지 않았다.

-이혜윤.

누군가 내 등을 탁 쳤다. 뒤를 돌아보니 희주가 서 있었다.

-어디 가냐?

-저기…….

나는 손가락으로 아무 데나 가리켰다.

−어쭈, 너 울었냐?

−아니.

나는 고개를 돌리며 말했다.

−아니긴, 뭐가 아냐. 눈이 퉁퉁 부었는데.

희주는 계속 내 얼굴을 뜯어보았다. 정말 눈치라고는 눈곱만큼도 없는 애다.

−우리 저기 가서 떡볶이랑 오뎅 먹고 가자.

−싫어, 나 가 봐야 해.

−싫긴 뭐가 싫어. 잠깐이면 되는데.

희주가 내 팔을 잡고 성큼성큼 걸어갔다. 나는 내 의지와는 상관없이 키가 나보다 7센티미터는 큰 희주에게 질질 끌려갔다. 안 먹겠다는데 기어코 희주가 오뎅을 손에 쥐어 주고 떡볶이를 찍어서 입에 넣어 주었다.

−맛있지?

희주가 뿌듯한 얼굴로 물었다. 나는 고개를 끄덕였다.

신기하게도 맛이 있었다. 나는 음식이 들어가는 순간 바로 체할 줄 알았는데 그렇지 않았다. 뜨거운 오뎅 국물을 마시니 얼었던 온몸이 다 녹는 것 같았다. 나는 오뎅 국물을 두 번이나 더 덜어 먹었다.

−거봐라. 이 언니 말 들어서 후회하는 거 봤냐?

나는 대답 대신 힘없이 웃어 주었다.

−나 화실 오빠랑 영화 보러 가는데 같이 갈래?

화실 오빠와의 데이트에 나를 껴 주려고 하다니, 내가 엄청나게 불쌍해 보였나보다. 역시 희주는 의리 하나는 끝내준다.

　―나 정말 갈 데 있어.

　―뻥치지 마.

　―정말이야.

　―그런 얼굴이 아니던데? 너 꼭 유령 같았어. 거리를 정처 없이 떠돌아다니는.

　거리를 떠돌아다닌다는 말에 동생이 떠올랐다. 나는 들고 있던 떡볶이를 내려놓았다. 이제 정말 체할 것 같았다.

　―왜, 그만 먹게?

　―응. 배불러.

　―나도 이제 가 봐야겠다.

　나는 일부러 희주와 다른 방향을 선택했다. 희주와 헤어져서 다섯 걸음쯤 가다가 다시 뒤를 돌아보았다.

　―희주야, 고마워.

　희주의 뒷모습을 향해 나는 소리쳤다. 희주는 뒤돌아보지 않은 채 손을 흔들었다. 멋있는 척하는 것이지만, 정말 멋있어 보였다.

　나는 다시 유령처럼 거리를 떠돌아다녔다. 토요일 저녁이었다. 시간을 보니, 5시 10분이었다. 동생이 잠든 지 30분이 되어 갔다. 약을 먹고 잠이 들었으니 아직 깨어나지 않았을 것이다. 동생이 깨어나기 전에는 돌아갈 생각이었다. 손이 시렸다. 주머니에 손을 넣었는데도 손이 시렸다. 외투 주머니가 얇아서 손을 완전히 감싸지 못하기 때문이었다.

　―얘, 잠깐만.

또 누군가 뒤에서 나를 불렀다. 중년 여자의 목소리였다. 중년 여자 중에 나를 부를 사람은 없었다. 도우미 아주마를 빼고는. 하지만 도우미 아줌마는 오늘 오는 날이 아니다.

–잠깐 기다리라니깐.

이번에는 허스키한 목소리가 더 뚜렷하게 들렸다. 목소리의 주인공이 종종걸음으로 내게 다가왔다. 사마귀뿔테안경이었다.

나는 고개를 숙여 묵례를 했다. 사마귀뿔테안경이 내 안색을 살폈다. 나는 질문 세례가 쏟아질까 봐 걱정했다. 사마귀뿔테안경은 고집이 센 여자다. 한번 붙잡으면 웬만해서는 놓지 않을 것이다.

–추운데 옷을 왜 이렇게 얇게 입었어.

사마귀뿔테안경이 나무라듯 말했다. 그러더니 자신의 목도리를 풀어서 내 목에 칭칭 감아 줬다.

–안 그러셔도 되는데…….

나는 목도리를 돌려주려고 주머니에서 손을 뺐다. 그랬더니 사마귀뿔테안경이 눈을 흘기며 말했다.

–애 좀 봐라. 장갑도 안 꼈네.

사마귀뿔테안경은 자신의 가죽 장갑을 벗어서 내게 건넸다.

–아니에요.

다시 거절했지만 역시 사마귀뿔테안경은 고집이 셌다. 나는 나이에 밀리고 힘에 밀렸다.

나는 할 수 없이 사마귀뿔테안경의 목도리와 장갑으로 무장을 했다. 사마귀뿔테안경의 체온이 남아 있어서 목도리도 장갑도 아주 따뜻했다. 옅은 화장품 냄새가 코끝을 간질였다. 40대 아줌마들이 쓸 만한 화장품 냄새였다. 우리 엄마에게서도 이런 냄새가 났을까? 하지만 엄마는 오랫동안 아팠다고 했다. 엄마에게서는 화장품 냄새가 아닌 약 냄새가 났을까?

–따뜻하지? 별 게 아닌 것 같아도 꽤 도움이 될 거야.

–네. 감사합니다.

나는 다시 묵례를 했다.

정말 감사할 일은 그 후에 일어났다. 놀랍게도 사마귀뿔테 안경은 내게 아무것도 묻지 않았다. 마치 누군가의 부탁으로 내게 목도리와 장갑을 전해 주러 온 사람처럼 뒤돌아서 묵묵히 사라졌다. 사마귀뿔테안경을 만나고 나서 나는 마음이 좀 차분해졌다. 나는 무작정 걸어가던 걸음을 멈추고 집을 향해 걷기 시작했다.

집으로 돌아가는 길에 나는 또 한 사람과 마주쳤다. 윤정훈이었다.

–마침 잘 만났다.

윤정훈이 해맑게 웃으며 반가워했다.

–왜? 나한테 무슨 볼일 있어?

–볼일 있지.

윤정훈이 내게 무언가를 내밀었다. 맥도널드 종이 가방이었다.

–이걸 왜?

–좀 전에 친구들이랑 햄버거 사 먹었는데 형준이 생각이 나더라. 그 녀석이 불고기버거를 엄청난 속도로 흡입하던 거 말

야.

　－그래서?

　－녀석 먹으라고 샀지. 사는 김에 네 것도 사고.

　－날 못 만났으면 어쩌려고?

　－꼭 만날 것 같은 예감이 들더라고.

　윤정훈이 머리를 벅벅 긁으며 말했다. 나는 피식 웃고 말았지만, 좀 이상했다. 오늘따라 사람들이 나에게 왜 이렇게 호의적인 것일까. 이쯤 되니 내 마음도 열려 버렸다. 나는 내게 베푸는 사람들의 호의를 다 받아들이기로 했다.

　－벌써 저녁을 먹은 건 아니겠지?

　－아냐. 햄버거 냄새 맡으니까 배고프다.

　－그럼 식기 전에 집에 가서 먹어. 형준이 녀석도 배고플 거 아냐.

　－그래. 고마워.

　윤정훈이 또 손가락으로 내 머리카락을 흐트러뜨렸다. 이번에는 그 느낌이 좋았다. 나는 누군가의 체온이 필요했던 것인지도 몰랐다. 윤정훈이 좀 더 머리를 만져 주길 바랐지만, 부탁하지는 못했다.

　－갈게.

　－그래.

　우리는 인사를 나누고 헤어졌다. 윤정훈은 학원으로 돌아간다고 했다. 이제 곧 고3이 되기 때문에 바쁜 모양이었다.

　집으로 돌아오니, 동생이 TV를 보고 있었다.

　－열은 좀 내렸어?

-응, 누나. 이젠 괜찮아.

동생은 언제 그랬냐는 듯이 말짱한 얼굴을 하고 있었다.

-내일은 일요일이라 병원이 문을 안 열 텐데…….

-괜찮아, 누나. 나 감기 걸린 거 아냐.

-열이 그렇게 높았는데도?

-누나, 미국에서 내 별명이 헐크였어. 화가 나면 열이 막 오르고 쓰러지기도 했거든.

-뭐? 쓰러지기까지 했다고?

-걱정 마. 진짜로 쓰러진 건 아니야. 헐크처럼 다른 사람들을 혼내 줄 힘이 없어서 쓰러지는 척했을 뿐이야.

-그럼, 너 요즘 학교에서 친구들한테…….

-손에 들고 있는 거 뭐야?

동생의 시선은 이미 맥도널드 종이 가방에 꽂혀 있었다.

-그래, 먹자 먹어. 먹고 죽은 귀신이 때깔도 곱다는데…….

동생과 나는 거실 바닥에 퍼지고 앉아 햄버거와 감자튀김을 먹었다. 콜라는 얼음이 녹아서 싱거웠다.

-저번에 만난 형 있지?

-정훈이형?

-그래. 그 형이 사 줬어.

-그 형이 누나 좋아하는구나.

-아냐, 그런 거. 너 먹으라고 사 줬어.

-그럼, 누나가 더 좋아해?

-뭐? 그런 거 아니라니깐.

-근데 왜 얼굴이 빨개졌어?

─내가 언제……. 추운 데 있다가 따뜻한 데 들어오니까 빨개진 거지.

─아닌데……. 정훈이형 얘기하면서 빨개진 건데.

동생이 웃지도 않고 능청을 떨었다.

─너 쓸데없는 얘기하면 다신 안 사 준다.

나는 동생의 머리를 세게 쥐어박았다. 동생이 머리를 문지르면서 낄낄거렸다.

15. 동생의 고백

-형준아.

-응?

-우리 놀러 갈까?

-그 형도 같이 가?

-아니, 그 형은 이제 고3 올라갈 거라서 공부해야 해.

-그럼, 아빠도?

-아니, 아빠는 집에 없어.

-그럼, 우리끼리만 가는 거야?

-응. 왜, 싫어?

-아니, 좋아. 근데 어디로?

-바닷가에 가 볼까?

-바다? 멀지 않아?

-서해는 멀지 않아. 빨리 옷 입어. 30분 후에 출발할 거야.

동생은 자리에서 벌떡 일어나서 화장실로 직행했다. 30분이 다 채워지기도 전에 동생은 현관 앞에 서 있었다. 눈가에 눈곱이 그대로 남아 있었다.

－배고프지? 우선 이거 먹어.

나는 물통과 함께 딸기잼을 바른 빵을 건넸다. 워낙 먹성이 좋은 아이라 그것도 맛있게 잘 먹었다. 우리는 빵을 먹으며 버스 터미널로 향했다.

시외버스에 오르기 전에 음료수와 과자를 샀다. 우리는 버스에 나란히 앉았다. 내가 창가에 앉고 동생은 통로 쪽에 앉았다.

－바닷가에 가면 조개도 주울 수 있어?

－글쎄. 그건 모르겠고, 조개구이는 사 줄게.

조개구이를 먹는다는 말을 들은 후 동생은 무척 행복해했다. 어떤 상황에서도 먹는 것 때문에 행복할 수 있다니……. 단순하다는 건 축복이다.

－형준아, 먹는 게 그렇게 좋아?

나는 농담 반 진담 반으로 물었다. 그런데 갑자기 동생의 표정이 어두워졌다.

－누나도 내가 창피해?

－그런 뜻 아닌데……. 그냥 물어본 거야.

동생은 내 말을 못 믿는지 고개를 푹 숙였다.

－너 5년 전에는 키도 작고 마른 편이었거든. 너무 달라진 모습으로 나타나서 좀 놀란 건 사실이야.

－자꾸 배가 고팠어. 이상하게 엄마가 아프면서부터 더 배가

고팠어.

　-외로워서 그랬을 거야.

　-누나도 그런 적 있어?

　-응.

　-정말?

나는 고개를 끄덕였다.

　-근데 왜 뚱뚱해지지 않았어?

　-다 토했거든.

　-우웩, 토했다고?

동생이 오만상을 찌푸렸다. 나는 눈을 흘겼다.

　-언제?

　-너만 할 때.

동생은 생각에 잠긴 듯, 느리게 고개를 끄덕였다.

　-누나도 내가 와서 싫었지?

동생이 내 눈치를 살폈다.

　-귀찮고 창피했지?

　-그런 거 같았어?

　-응. 근데 지금은 아냐. 이렇게 잘해 주잖아. 바닷가에도 데
리고 가고.

동생이 나를 힐금 보며 씩 웃었다. 미안한 생각이 들었다.
그냥 처음부터 잘해 줬으면 좋았을걸.

　-하긴, 조개구이도 사 줄 거니까.

나는 우쭐대며 말했다. 동생이 엄지손가락 두 개를 세웠다.

우리는 버스가 달리는 동안 잠을 잤다. 나도 어젯밤 잠을 설

쳤기 때문에 세상모르고 잠에 빠져들었다. 창에 머리를 서너 번 꽝꽝 부딪쳐서 무지 아팠지만 곧 다시 잠이 들었다. 동생도 내 어깨에 기댄 채 잠을 잤다. 잠결에도 굉장히 무거웠지만 꾹 참았다. 누나가 된다는 건 무거운 일이었다.

─형준아, 내리자.

─벌써 다 왔어?

─응, 서해는 가깝다고 했잖아.

우리는 기지개를 켜며 시외버스에서 내렸다. 차가운 겨울 바닷바람이 불어왔다. 버스 안이 답답했기 때문에 오히려 상쾌하게 느껴졌다.

─춥지 않아?

─아니, 괜찮아. 누나는 추워?

─아니. 너 저거 타 볼래?

나는 바이킹을 가리켰다. 바이킹 앞에는 사람들이 꽤 많았다. 일요일이라 놀러 온 사람들이 많았다. 대부분 젊은 남녀였다. 가족들이 일부러 여행을 하기엔 좀 추웠다.

나는 사람들의 눈에 우리가 어떻게 비칠지 궁금했다. 고아 남매로 보일까? 그러기엔 옷을 좀 잘 입었다. 아니면 가출 청소년? 그러기엔 너무 반듯해 보였다. 나나 동생이나 모범생은 아니지만, 사실 동생은 오히려 문제아에 가깝지만, 겉으로 드러날 만큼 불량해 보이지는 않았다.

그게 다 아빠가 주는 넉넉한 용돈 덕분이었다. 지난주에 나는 그동안 집에 일찍 들어오느라 모인 돈으로 동생에게 옷을 사 주었다. 동생을 데리고 나가서 사 준 것은 아니고 눈대중으로 적당히 맞을 만한 옷을 몇 벌 샀다.

동생이 가지고 온 옷은 이제 동생의 몸에 맞지 않았다. 동생은 온갖 무관심 속에서도 계속 자라고 있었다. 잡초 기질이 있는 모양이었다.

—누나도 탈 거야?

—그러지 뭐.

사실 나는 고소공포증도 있고 어지럼도 잘 타서 바이킹이나 롤러코스터는 질색이다. 하지만 동생을 위해서 눈을 꼭 감고 한 번만 도전해 보기로 했다. 우리 차례를 기다리는 동안 동생은 계속 내 눈치를 살폈다. 내가 무서워하는 게 티가 나면 동생이 포기하려고 할까 봐 나는 일부러 싱글싱글 웃었다. 내 앞의 줄이 줄어들수록 속으로는 엄청나게 두려웠지만.

탑승 순서가 되었을 때 나는 일부러 맨 뒤로 갔다. 바이킹은 맨 뒤에서 타야 제대로 맛이 난다는 말을 들은 적이 있었다. 나도 이왕 동생에게 봉사하는 김에 제대로 해 볼 생각이었다.

그런데 내 생각은 빗나갔다. 우리가 맨 뒷줄에 앉고 안전바가 내려와서 더 이상 오도 가도 못하게 되었을 때, 동생이 내 귀에 대고 속삭였다.

—누나, 나 무서워.

—뭐? 타고 싶은 게 아니었어?

동생은 아무 말도 하지 않고 내 얼굴만 물끄러미 바라보았다.

—그럼 왜 타자고 했어?

—누나가 타고 싶어 하는 거 같아서.

서서히 바이킹이 움직이기 시작했다. 바이킹은 점점 더 빨리 점점 더 높이 움직였다. 동생과 나는 누가 먼저랄 것도 없이 눈을 질끈 감고 소리를 꽥꽥 질렀다. 바이킹은 멈출 것처럼 속도를 늦추다가 다시 획 하늘로 치솟았다. 바이킹을 타고 있던 몇 분이 몇 시간처럼 느껴졌다.

　비로소 바이킹이 멈추자 우리는 안도의 한숨을 푹푹 내쉬었다. 계단을 내려오는데 다리가 후들거리고 속이 메스꺼웠다. 동생의 얼굴이 샛노랬다. 바람은 얼마나 세게 불어왔던지 머리카락은 산발이었다. 진이 다 빠져나가서 기운이 없었지만, 우리는 서로를 보고 낄낄거리며 웃었다.

　―누나, 나 토할 것 같아.

　―나도 그래.

　우리는 속을 가라앉히려고 좀 걸었다. 그러다 조개구이집이 모여 있는 곳을 발견했다. 동생은 메스껍다고 할 때는 언제고 눈을 반짝이고 정신없이 침을 삼켰다.

　―배고파?

　―아니. 하지만 누나가 배고프면 지금 먹어도 좋아.

　―너 침 삼키는 소리 다 들었어. 가서 먹자.

　나는 동생을 위해 열심히 조개를 구워 주었다.

　―누나도 먹어.

　말은 그렇게 해도 동생은 익는 족족 제 입에 넣었다. 먹는 것 앞에서는 도무지 제어가 되지 않는 모양이었다.

　―천천히 먹어. 이거 먹고 나서 칼국수도 시켜 먹자.

　―누나가 원하면 그러지 뭐.

―너 자꾸 내 핑계 댈래?

―내가 그랬어? 미안.

동생은 실실 웃었다. 음식이 들어가니 더없이 행복한 모양이었다.

―서울에서 왔니?

칼국수를 가져온 아줌마가 물었다.

―네.

―네 동생이니?

―네.

―아이고, 녀석 똘똘하게 생겼네. 공부 잘하냐? 반에서 몇 등하냐?

아줌마가 동생을 보고 말했다. 동생은 쭈뼛쭈뼛 아무 말도 하지 못했다.

아무튼 어른들이란. 궁금한 게 고작 성적뿐이라니.

―얘요?

내가 되묻자, 동생은 움찔했다. 자신의 정체가 탄로날까 봐 바짝 긴장한 눈치였다.

―얘 전교 5등 해요.

―전교 5등? 정말 잘하네. 어쩐지 똘똘하게 생겼다 했지.

동생을 바라보는 아줌마의 눈동자가 더 커졌다. 동생은 화들짝 놀란 얼굴로 나를 보았다. 나는 별일 아니라는 듯 천연덕스러운 표정을 지었다.

―아유, 애들이 서울서 왔는데, 저 남자애가 전교 5등이래요.

아줌마가 옆 테이블의 4인 가족에게 말했다.

―그래요? 어쩐지 유난히 의젓해 보이더라.

옆 테이블의 아줌마가 중학생으로 보이는 아들에게 눈을 흘기며 말했다. 동생이 덩치가 커서 중학생으로 본 모양이었다.

동생은 칭찬을 듣는 게 싫지 않은지 실실 웃었다. 누가 시키지도 않았는데 어깨를 쫙 펴고 등을 꼿꼿하게 세웠다. 나는 웃음이 터지려는 것을 간신히 참았다.

―서울 어느 학교니? 우리도 서울에서 왔는데.

―애는 샌프란시스코에 있는 학교에 다녔어요. 거기서 전교 5등이었어요.

그러자 주인아줌마가 더 큰 소리로 말했다.

―샌프란시스코? 미국 말이니? 미국에서 전교 5등을 했어? 천재로구나.

그때 예기치 못한 일이 생겼다. 우리 뒤 테이블에 앉은 손님들 중 한 사람이 아주 반가운 목소리로 말했다.

―어? 샌프란시스코? 나도 샌프란시스코에서 왔는데…….

그 순간, 동생과 나는 누가 먼저랄 것도 없이 칼국수를 후다닥 먹어 치우기 시작했다. 우리는 계산을 마치고 재빨리 그곳을 떠났다. 칼국수까지 먹고 나니 배가 터질 것 같았다. 편의점에 들어가 따뜻한 음료를 하나씩 샀다. 나는 커피를 샀고 동생에게는 두유를 사 주었다.

―누나는 왜 커피 마셔?

―난 고등학생이잖아.

―고등학생도 어른이야?

-반은 어른이지.

　-그렇구나.

　우리는 음료의 온기에 손을 녹이며 바닷가를 걸었다. 바람이 차가웠지만 견딜 만했다.

　-누나, 아까 왜 그랬어?

　-뭘?

　-전교 5등······.

　-그냥. 재미없었어?

　-재밌었어. 바이킹보다 더 스릴 있었어.

　우리는 또 낄낄 웃었다.

　-형준아, 나도 궁금한 게 있어.

　-뭔데?

　-학교에서는 왜 그런 거야?

　-······.

　-누나한테 말해 주기 싫어?

　-말하지 않으면 안 놀아 줄 거지······.

　-그런 건 아니야. 말하기 싫으면 하지 않아도 돼.

　-정말?

　-응.

　내가 화를 낼까 봐 움츠러드는 동생을 보니 코끝이 찡했다. 동생은 돌봐 줄 사람이 필요하다고 했던 윤정훈의 말도 생각났다. 나는 화난 게 아니라는 걸 알려 주기 위해 노래를 흥얼거렸다. 수진이가 노래방에 갈 때마다 부르는 걸그룹의 댄스곡이었다. 내 취향과는 거리가 멀지만 자꾸 듣다 보니 입에 붙었다.

—세게 보이고 싶었어. 아무도 나를 무시하지 않게. 미국 애들이 나한테 했던 것처럼 내가 먼저 애들에게 하고 싶었어.

—선제공격을 한 거구나. 근데 걔들은 애초에 싸울 생각이 없었을지도 모르잖아. 왜 걔들에게 친구가 될 기회를 주지 않았어?

동생은 아무 말도 하지 않았다. 내 말에 대해 곰곰이 생각하는 모양이었다. 그래서 나는 또 노래를 흥얼거리며 걸었다. 동생에게 시간을 줄 생각이었다.

생각해 보니 나도 동생과 크게 다르지 않았다. 내가 희주와 수진이와 진정으로 친구가 된 것은 불과 몇 달 전부터였다. 그 전까지는 내게도 친구가 없었다. 친구가 필요하다고 생각하지도 않았다. 중요하다고 생각하지도 않았다. 친구를 사귈 생각도 없었다. 동생과 나는 이래저래 비슷한 점이 많았다.

—누나 말이 맞다고 해도 이젠 늦었겠지? 아무도 나랑 친구가 되어 주지 않겠지?

—해 보지도 않고 포기하는 건 비겁한 짓이야.

—애들은 이제 나를 무서워해. 내가 오면 다들 흩어져 버려.

—너를 잘 몰라서 그러는 거잖아.

—그럼 어떻게 해야 해?

—사과를 해 보면 어떨까. 저번에 진구에게 그랬던 것처럼. 네가 잘못했다고 사과하고 악수를 한다든가…….

동생이 고개를 푹 숙였다. 아무래도 자신이 없는 모양이었다.

—천천히 해도 돼. 지금은 잘못된 행동을 더 이상 하지 않는

것만 지키고, 나중에 용기가 생겼을 때 사과하는 거야. 대신 이제 욕은 하면 안 돼. 그것도 애들이 못 알아듣는 미국 욕 말이야.

―알았어, 누나. 그건 지킬 수 있어.

―좋아, 약속한 거야.

우리는 그 자리에서 손가락을 걸었다.

―근데 누나, 미국 욕은 단순해서 애들도 다 알아들어. 한국 욕보다 훨씬 쉬워.

동생과 나는 낄낄거리며 웃다가 다시 걸었다.

―여기 좀 앉을까?

우리는 모래사장에 앉았다. 바닷바람이 불어왔지만 두꺼운 오리털파카를 입고 있어서 견딜 만했다. 기분이 상쾌했다. 한동안 말없이 바다를 바라보았다. 파도가 끊임없이 밀려왔다 밀려갔다.

―누나.

―왜?

동생은 나를 불러 놓고는 더 이상 말을 하지 않았다. 힐긋 보니, 동생의 표정이 심상치 않았다. 일그러진 얼굴이 구겨진 종이 같았다. 어디가 많이 아픈 사람처럼 고통스러워 보이기도 했다.

―나는 나쁜 새끼야.

뜬금없이 동생이 그렇게 말했다. 동생의 목소리가 차갑게 들렸다. 갑자기 동생이 확 늙어 버린 것 같았다. 더는 어린아이가 아닌 것처럼. 표정도 싸늘했다. 누군가를 몹시 미워하는데 그 누군가가 자신인 것 같았다.

－네가 왜 나쁜데?

－엄마가 나 때문에 죽었으니까.

－그게 무슨 말이야? 엄마가 너 때문에 죽었다는 게?

－내가 캠프에 가겠다고 조르지만 않았어도 엄마는 다치지 않았을 거야.

－그건 사고였잖아.

－그런 것도 못해 주는 엄마는 필요 없다고 소리를 질러 댔어. 엄마는 할 줄 아는 게 아무 것도 없다고……. 엄마는 내 캠프비를 마련하느라고 3주 동안 더 많이 일해야 했어. 엄마는 너무 피곤했던 거야. 그래서 운전을 하다…….

동생은 말을 맺지 못했다.

－엄마는 정말 많이 아팠어. 진통제가 없으면 잠도 자지 못했어.

동생이 모래를 한 움큼 쥐었다 쏟아 버렸다.

－엄마가 그랬거든. 차라리 죽었으면 좋겠다고.

－…….

－그래서 나는 기도했어. 엄마를 데려가 달라고. 엄마가 아플 때마다 집 앞에 있는 교회에 가서 기도했어.

동생은 또 모래를 쥐었다 쏟아 버렸다.

－그런데 엄마가 정말 죽어 버린 거야. 에이 시발.

동생이 화풀이를 하듯 모래를 던졌다.

－그렇게 기도하는 게 아니었어.

동생이 울먹이며 말했다.

동생은 앞에 펼쳐진 바다만 노려보고 있었다. 어쩌면 나와 시선을 맞추는 게 두려운 것인지도 몰랐다. 동생은 용기를 내어 나에게 자신의 죄를 고백한 것이다.

나는 시선을 먼 곳으로 돌려 주위를 살펴보았다. 바다에 석양이 내리고 있었다. 주위는 온통 오렌지빛 노을에 휩싸였다. 바다가, 갯벌이, 드문드문 보이는 사람들이, 저 멀리 가게들이 다 노을 안에서 발갛게 타올랐다. 나는 다시 동생에게로 시선을 옮겼다. 나의 시선을 의식한 동생이 바들바들 떨었다. 동생은 나의 판결을 기다리고 있는 것 같았다. 내가 자신을 용서하지 않을까 봐 두려워하는 것 같았다.

동생을 괴물로 만든 건 죄책감이었구나. 그 사실을 알게 되자 동생이 너무 불쌍했다.

−엄마를 위해서 그런 거잖아.

나는 계속해서 모래를 던져 대는 동생의 손을 잡으며 말했다. 내 말이 떨어지기 무섭게 동생은 흐느끼기 시작했다. 소매로 코를 닦으며 엉엉 울고 있는 동생이 다시 열두 살 어린아이로 보였다.

16. 엄마에 대한 기억

돌아오는 길은 차가 무척 막혔다. 동생은 이번에도 내 어깨에 기대어 잠을 잤다.

나는 잠이 오지 않았다. 어릴 적 일들이 떠올랐다. 꾹꾹 눌러놓고 다시는 꺼내 보고 싶지 않았던 기억들이었다. 마치 그런 일이 없었던 것처럼 잊어버리려고 했던 일들이었다. 안타깝게도 이번엔 도저히 막을 수 없었다.

엄마는 나에게 유독 엄격했다. 가끔은 아주 심하게.

내가 여섯 살 때였을까? 퇴근을 하고 돌아온 아빠는 시퍼렇게 피멍이 든 내 종아리를 보며 버럭 화를 냈다.

─어린애를 이렇게까지 패야 해? 말로 알아듣게 잘 타일렀어야지.

그러면 엄마는 아무렇지도 않은 표정으로 말했다.

─말로 됐으면 그랬겠어? 아무리 말을 해도 안 들으니까 충

격 요법을 쓴 거지. 나쁜 버릇은 이렇게 해서라도 고쳐야지.

─당신처럼 지독한 여자는 처음 봐.

아빠는 치를 떨었다. 엄마는 상관없다는 듯이 돌아앉아 동생에게 젖을 물렸다. 여전히 화가 안 풀린 사람처럼 엄마는 나에게 눈길도 주지 않았다.

엄마가 말한 나쁜 습관이 무엇인지는 떠오르지 않았다. 반찬 투정을 하고 밥을 안 먹었거나, 입지 말라는 계절에 안 맞는 옷을 입었거나, 방을 어지럽혔거나, 하지 말라는 짓을 하고 말을 안 들었거나……. 이유는 무엇이라도 될 수 있을 것이다. 난 고집이 센 편이었으니까.

엄마는 내가 잠들 때까지도 차가운 얼굴로 나를 대했다. 아빠에게 시위라도 하듯이. 그러나 나는 알고 있었다. 아빠가 잠들고, 동생이 잠들고, 내가 잠이 들면, 엄마는 연고를 손에 쥐고 내 방문을 살며시 열었다. 상처 부위에 엄마의 손가락이 닿으면 따끔따끔했다. 나는 신음 소리가 새어 나가지 않도록 이를 악물었다. 그다음에 무슨 일이 일어날지 알고 있었으므로 나는 자는 척을 해야 했다. 엄마의 눈물이 내 상처 위로 똑똑 떨어졌다. 엄마도 소리를 내지 않으려고 이를 악물었지만, 이따금 코를 훌쩍이는 소리는 어쩔 수 없었다. 그래서 나는 엄마를 용서했다.

내가 어렸을 때는 엄마가 나를 미워해도 나는 엄마를 미워하지 않았다. 엄마는 내 우주였으니까. 우주에서 떠돌이가 된다는 것은 너무 두려운 일이었다. 그래서 엄마를 미워한다는 것은 상상도 할 수 없었다.

열두 살, 엄마와 아빠가 헤어지기로 하고 엄마가 동생을 선택했을 때, 나는 몹시 슬펐다. 엄마가 나를 정말 미워하는구나 하는 생각을 했다. 나는 침대에 엎드려 울음을 터뜨렸다. 저녁 먹으라고 부르는 엄마의 목소리가 들렸지만 나는 꼼짝도 하지 않았다.

누군가 다가와 내 머리를 쓰다듬었다. 나는 베개에 얼굴을 처박은 채 더 큰 소리로 울었다.

―엄마가 왜 그러는지 너도 알잖아.

내 머리를 쓰다듬으며 위로한 사람이 엄마였다면, 나는 어쩌면 엄마를 용서했을지도 모른다. 이해했을지도 모른다. 사실 내 마음속에도 두 가지 바람이 있었다. 엄마가 나를 선택해 주길 바라는 것과 엄마가 나를 선택하지 않길 바라는 것.

하지만 굵직한 아빠의 목소리를 듣는 순간, 엄마가 미웠다. 나를 선택하지 않은 엄마가 세상 누구보다도 미웠다.

미국을 떠나는 날, 공항에서 나는 엄마가 털썩 바닥에 주저앉아 우는 모습을 보았다. 사람들이 막 지나다니는데, 지나가던 사람들이 엄마를 힐긋거리는데, 수군거리기도 하고 손가락질도 하는데, 엄마가 막 울었다. 아기가 되어 버린 것처럼 엉엉 울었다. 나는 뛰어가서 엄마를 안아 주고 싶었다. 무조건 잘못했다고 말하고 싶었다. 나는 엄마가 나를 때릴 때마다, 방 안에 가둘 때마다, 무조건 잘못했다고 말하곤 했다.

그런데 아빠가 내 손을 꽉 잡았다. 비행기 시간 늦었다고. 안 된다고 나는 발버둥을 쳤지만 아빠는 내 손을 꽉 잡고 성큼성큼 걸어갔다. 비행기 안에서 나는 엄마를 걱정하며 울다 자다, 울다 잤다.

한국에 도착하면 바로 엄마와 통화할 수 있을 줄 알았다. 하지만 엄마는 다시 연락하지 않았다. 나는 다시 엄마가 미워졌다.

우리는 열 시가 넘어 집에 도착했다. 동생은 몹시 졸려하더니 집에 들어오자마자 그대로 곯아떨어졌다. 소파에서 잠이 든 동생에게 이불을 덮어 주었다.

먼저 집에 온 아빠는 술을 마시고 있었다. 내가 없으니 안주가 형편없었다. 멸치 몇 개와 고추장. 번데기탕이라도 끓여 줄까 하다가 그만 두었다. 무책임한 아빠에게 갑자기 화가 치밀어 올랐다.

나는 아빠의 맞은편에 털썩 주저앉았다. 그러고는 말없이 아빠를 쏘아보았다. 아빠는 나를 힐금 보더니 계속 술을 마셨다.

ㅡ어디 갔다 왔니?

아빠가 물었지만 나는 대답하지 않았다. 어차피 아빠가 정말 궁금해서 물은 것도 아닐 테니까.

ㅡ아빠 알고 있었어?

ㅡ뭘?

아무것도 눈치채지 못한 아빠가 무심히 물었다.

ㅡ엄마가 오랫동안 아팠다는 거.

아빠가 나를 물끄러미 바라보았다.

ㅡ네 이모에게 들었어. 그전에는 전혀 몰랐어.

—엄마는 왜 혼자 아팠을까? 왜 우리에게 도움을 요청하지 않았을까?

—너희 엄마 참 독하지?

아빠가 무겁게 한숨을 내뱉었다.

—맞아. 엄마 참 독해. 근데 아빠, 아빠도 독한 거 알고 있어?

아빠는 그게 무슨 소리냐는 듯이 눈을 휘둥그렇게 뜨고 나를 바라보았다. 아빠의 눈이 시뻘겠다. 하지만 나는 이제 하나도 무섭지 않았다. 나는 아빠에게 무슨 말이든 다 할 수 있을 것 같았다.

—아빠 왜 쟤 투명인간 취급해? 형준이 돌아온 지 벌써 네 달이 넘었어. 그런데 아빠 쟤 환영해 준 적 있어? 안아 준 적 있어? 왜 형준이를 못 본 척해? 다 봤잖아. 방도 없이 소파에서 저러고 자는 것도 다 봤잖아. 우리 눈치만 슬슬 살피고 제 할 말도 못하는 거 다 봤잖아. 덩치는 커다란 애가 만날 주눅 들어 있는 거 다 봤잖아. 그런데 왜 그랬어?

생각할 틈도 없이 내 입에서 말들이 쏟아졌다. 아빠는 말없이 술잔만 내려다보고 있었다. 벌을 받는 사람처럼. 그러고는 한마디를 내뱉었다.

—무서워서 그랬어.

무섭다고? 아빠가, 무서웠다고? 아빠의 대답이 너무 뜻밖이라서 나는 아무 말도 하지 못했다.

—저 녀석을 보면 네 엄마가 그렇게 죽어 간 게 자꾸 떠올라서 무서웠어. 그래서 그랬어.

아빠는 소주를 입에 털어 넣었다.

—그렇게 죽어 가게 내버려 둬서는 안 되는 거였는데…….

아빠의 목소리가 흔들렸다. 울음을 참고 있는 것 같았다. 나는 식탁 위에 무기력하게 놓여 있는 아빠의 손을 살며시 잡고 이렇게 말하고 싶었다.

아빠, 울고 싶으면 울어도 돼.

하지만 그런 말을 할 수는 없었다. 정말로 아빠가 내 앞에서 눈물을 터뜨린다면 난감할 것 같았다. 나는 자리에서 조용히 일어났다. 아빠가 맘 편히 눈물을 흘릴 수 있도록 자리를 비켜 주어야 할 것 같았다.

—혜윤아.

내가 의자에서 일어나려는 순간 아빠가 내 이름을 불렀다.

—미안하다.

—뭐가?

—전부 다.

나는 다시 털썩, 의자에 주저앉았다.

—엄마 사랑했어?

—응, 아주 많이.

—근데 왜 헤어졌어? 꼭 헤어져야 했어?

—엄마가 원했어. 너도 알고 있잖아. 엄마가 우울증이 심했던 거.

—할머니 때문이야? 할머니가 엄마를 싫어해서?

—아냐. 엄마는 원래 우울증이 있었어. 결혼 전부터.

—왜? 왜 엄마는 그랬던 거야?

―너무 외롭고 힘든 어린 시절을 보냈어.

―왜?

―엄마에겐 엄마가 없었어.

―외할머니 있잖아.

나는 그렇게 말하면서 새로운 사실을 깨달았다. 나는 외할머니가 어딘가에 살고 있다는 것은 알았지만, 얼굴을 기억하지 못했다. 어릴 때 한두 번 본 기억이 있지만, 가물가물했다.

―그분은 미국에 사는 이모의 엄마야.

아빠의 말을 듣고 보니 이모가 늘 낯설게 느껴진 이유가 이해가 되었다. 자주 보지 못해서이기도 했지만, 이모와 엄마는 정말 다르게 생겼다.

나는 엄마에 대해 새롭게 알게 된 사실을 받아들이느라 머릿속이 혼란스러웠다. 아빠는 말없이 소주만 마셨다. 안주로 갖다 놓은 멸치는 그냥 내버려 둔 채.

―아빠, 엄마는 왜 나를 미워했을까?

―엄마가 너를 미워했다고 생각해?

―아무리 그렇지 않다고 생각하려 해도, 그 생각을 완전히 떨쳐 버릴 수는 없어.

―혜윤아, 엄마는 널 사랑해서 한국에 오려 하지 않은 거야.

―그게 무슨 말이야?

나는 침을 삼키며 아빠의 대답을 기다렸다.

―엄마는 사랑하는 법을 배우질 못했어. 좋은 엄마가 되는 법도 배우지 못했고…….

―그래도 아빠를 만났잖아. 엄마가 아빠를 사랑한 게 아냐?

아빠만 엄마를 좋아했어?

　─아냐, 엄마도 아빠를 사랑했어. 단지 서툴렀지. 엄마는 사람들을 신뢰하지 못했어. 특히 네 친할머니를 못 견뎌 했지. 부모의 사랑을 받아 본 적이 없어서 할머니가 자기를 미워한다고 늘 생각했던 거야. 할머니가 심하게 결혼을 반대한 것은 맞지만 결혼 이후에 마음을 열지 않은 건 엄마였어. 엄마가 할머니를 경계하니까 할머니도 어쩔 수 없었을 거야.

　나는 여전히 혼란스러웠다. 아빠의 얘기를 이해할 수 있을 것도 같고 이해가 안 되는 것도 같았다.

　─사실은 아빠도 엄마를 이해할 수 없었어. 엄마를 사랑해서 할머니의 반대를 무릅쓰고 결혼했지만 갈등이 많았지. 아빠도 엄마가 원망스러울 때가 많았어. 특히 혜윤이 너에게 엄마가 심하게 하면 정말 엄마가 미웠다.

　─엄마는 왜 나에게만 그랬을까? 형준이한테는 그렇지 않았잖아.

　─엄마는 혜윤이 너를 자신처럼 생각했나 봐. 그래서 어렸을 때 할머니가 엄마에게 하던 방식대로 너를 대했던 것 같아.

　─엄마도 싫었을 거 아냐. 할머니가 엄마에게 그러는 게 싫었을 거 아니냐고. 그런데 나한테 왜 그랬대?

　나는 갑자기 소리를 질러 가며 따지듯이 물었다. 마치 엄마가 앞에 있는 것처럼.

　─혜윤아, 어른들도 바보 같을 때가 있어. 엄마도 그러면 안 된다는 것을 알면서도 어쩌지 못했어. 엄마를 가장 미워한 건 할머니도 아니고, 아빠도 아니고, 엄마 자신이었어. 혜윤이를

혼내는 동안 엄마 자신은 혜윤이보다 더 큰 벌을 받아야 했어. 그러면서도 자신을 어쩔 수가 없었어. 엄마는 마음이 많이 아픈 사람이었으니까.

나는 고개를 숙이고 아빠의 얘기를 들었다. 눈물이 뚝뚝 떨어졌다.

―엄마가 한국에 오기 전에 아빠와 헤어지려고 한 것은 너를 보호하고 싶었기 때문이었어. 그래서 아빠도 엄마를 놓아주었고.

아빠는 다시 술잔 가득 소주를 채웠다.

―엄마가 사고를 당하지 않았다면 언젠가는 나를 찾아왔을까?

―그랬을 거야. 너는 엄마가 가장 사랑하고 가장 아파하는 자식이었으니까.

아빠는 한동안 말없이 소주만 마셨다.

나도 아무 말도 하지 않았다. 나는 엄마에 대한 생각에 빠져 있었다. 나는 엄마가 보고 싶었다. 아빠도 그런 것 같았다.

17. 동생에게 방이 생겼다

창고 방 청소가 시작되었다. 나와 동생과 아빠가 함께했다. 이제 그 방은 더 이상 창고가 아니었다. 그곳에 오랜 시간 동안 처박힌 채 잊혔던 물건들이 대부분 버려졌다.

우리가 발견한 가장 소중한 것은 오래된 앨범이었다. 우리가 어렸을 때 찍은 사진들이 꽂혀 있었다. 거기엔 엄마도 있었다. 우리는 엄마가 가장 예쁘게 나온 사진들을 골라 액자에 끼워 넣었다. 젊고 예쁜 사진들로 골라 준 것에 엄마도 고마워할 것 같았다.

도배도 새로 했다. 형준이가 좋아하는 보라색 벽지를 골랐다. 청소를 하고 도배를 하는 데 일주일이 걸렸다. 그사이 형준이는 아빠와 한 침대에서 잤다. 내 아이디어였고, 지금 생각해도 훌륭한 생각이었다.

가구를 고르는 일에는 아빠를 빼 주었다. 아빠는 쇼핑을 질색했기 때문이다. 대신 희주와 수진이가 동행했다. 정작 나와 형준이는 웬만하면 만족할 수 있었는데 희주가 보는 것마다 퇴짜를 났다. 그래서 한나절이면 될 쇼핑을 이틀에 걸쳐서 했다. 그사이 햄버거도 사 주고 피자도 사 주고 스파게티도 사 주고 아이스크림도 사 줘야 했다. 용돈이 이렇게 부족하기는 처음이었다.

형준이는 수진이를 잘 따랐다. 형제가 없는 수진이는 형준이를 챙기는 일에 열과 성의를 다했다. 그 모습을 보니 수진이 부모님의 사이가 그토록 나쁜 것이 안타까웠다. 조금만 금슬이 좋았어도 수진이가 동생을 가질 수 있었을 텐데…….

보라색 스트라이프 벽지가 발라지고, 옷장과 책상과 침대가 놓이고, 벽에 사진과 그림 액자까지 걸리자 아늑한 공간이 생겼다. 우리 집에 동생만을 위한 공간이 생긴 것이다.

참, 벽에 걸린 그림 액자는 내가 희주를 통해 특별히 부탁해서 화실 오빠가 그린 그림이었다. 아무래도 희주보다는 화실 오빠 실력이 더 나을 것 같았다. 그림 액자를 받고, 동생은 탄성을 질렀다.

─호랑나비네? 내가 보았던 거랑 똑같아.

─정말? 정말 똑같아?

─응.

미국에서 온 친구라도 만난 것처럼 동생은 환하게 웃었다.

나는 동생에게 마지막 선물을 내놓았다. 모형 집이었다. 내가 시작하고 동생이 보수하며 첨가했던 것을 내가 마무리 지었다. 사실 달라진 것은 별로 없었다. 동생이 만들어 놓은 보라색 공간에 호랑나비 액자를 걸어 놓은 것뿐이다.

그리고 또 한 가지, 동생의 모습을 지금처럼 바꿔 놓았다. 비대한 몸에 호빵맨 같은 얼굴로.

—이크, 누나, 내 모습…….

동생이 얼굴을 찡그렸다.

—네 모습이 어때서?

—너무 뚱뚱하잖아.

—걱정 마, 충분히 멋지니까. 그리고 앞으로 운동을 해서 살을 뺀다면 다시 만들어 줄 거야.

—알았어. 꼭 살 뺄 거야. 근데 이건 어디다 놓을 거야?

—거실에 놓을까?

—응, 그게 좋겠어.

우리는 현관문을 열고 들어오면 제일 먼저 눈에 띄는 자리에 모형 집을 세워 놓았다.

—너 헤비메탈 좋아해?

—어? 알고 있었어?

—그럼 내가 그런 어수룩한 거짓말에 속은 줄 알았냐?

동생은 대답 대신 씩 웃었다.

—마음이 답답할 때 들으면 속이 시원해져.

—지금 들을래? 따라하고 싶으면 실컷 따라해 보던지.

—아니, 지금은 답답하지 않잖아.

동생의 말에 나는 고개를 끄덕였다. 언제부터인가 나도 슬픈 노래보다는 밝은 노래를 좋아하게 됐으니까.

—누나 친구들 불러다 파티할까? 내 방도 보여 주게.

−그러고 싶어?

−누나 친구들 재밌잖아.

−그럼, 이러면 어떨까?

동생이 눈을 반짝이며 내 말을 기다렸다.

−미팅을 하는 거야. 누나들이랑 네 친구들이랑. 일명 누나팅.

−난 친구가 없잖아.

동생이 풀 죽은 목소리로 말했다.

−걱정 마, 누나팅을 하자고 하면 다들 네 친구가 되고 싶어서 난리 날걸. 요즘 연상연하 커플이 유행인 거 몰라? 게다가 누나 친구들 돈도 많아. 먹고 싶은 거 다 사 주고 게임비도 내 줄 수 있어.

동생은 여전히 반신반의하는 눈치였다. 동생을 좀 더 적극적으로 끌어들이기 위해 초대장을 만들기로 했다.

−생일도 아닌데 초대하는 거 좀 이상하지 않을까?

동생은 친구들을 부르는 게 긴장되고 겁이 나는 모양이었다. 그럴수록 파티에 대한 나의 확신은 더 확고해졌다.

−걱정 마. 크리스마스도 다가오고 있으니까 크리스마스 파티라고 생각하면 돼.

−정훈이 형도 와?

−글쎄, 와서 사회라도 보라 할까?

동생은 힘차게 고개를 끄덕였다. 그렇게 해서 우리는 다섯 장의 초대장을 만들기 시작했다. 도화지를 오리고 그림을 그리고 색칠을 했다. 초대의 말도 썼다.

－형준아, 넌 뭐가 되고 싶니?

－잘 모르겠어.

－왜? 꿈이 없어? 한 번도 뭐가 되고 싶다는 생각을 한 적이 없었어?

－선생님이 되고 싶은 적이 한 번 있었어.

－선생님?

－응. 왕따를 당하는 애들을 도와주는 선생님, 우리 선생님처럼.

－사마귀뿔테안경 말이야?

－어? 누나는 우리 선생님을 사마귀뿔테안경이라고 불러?

－뿔테 안경이랑 사마귀가 너무 인상적이라……. 어쨌든 선생님이 되고 싶단 말이지?

－응. 근데 나는 공부를 못하잖아. 선생님은 될 수 없을 거야.

－공부는 내가 도와줄게.

－누나가?

－너, 이 누나가 공부 무지 잘하는 거 몰랐지?

－누나가 공부를 잘해? 누나가 공부하는 건 한 번도 못 봤는데? 누나 친구들도 다 공부 못하는 거 같고……. 차라리 정훈이 형한테 부탁하는 게 낫지 않을까?

동생의 말에서 진심이 느껴져 나는 살짝 충격을 받았다. 지금은 내가 박박 우겨도 믿지 않을 것 같았다. 이럴 줄 알았으면 그동안 모아 두었던 성적표를 버리지 않는 건데…….

－그럼, 누나는 뭐가 되고 싶어?

―나?

그러고 보니 나는 정말 되고 싶은 게 없었다. 엄마에게 보여주기 위해서 명문대에 들어가고 싶은 적은 있었다. 그게 전부였다.

동생이 눈빛을 초롱초롱 빛내며 내 대답을 기다렸다. 대답할 말이 없다는 게 부끄럽게 느껴졌다. 아니, 이제 곧 열여덟살이 되는데 한 번도 내 꿈에 대해 생각해 보지 않았던 것이 부끄러웠다.

―비밀이야.

―치사해.

―네가 성적을 올릴 때까지 안 가르쳐 줄 거야.

동생이 입을 삐죽거렸다.

우선 시간을 벌 생각이었다. 동생의 공부를 도와주고 그 옆에서 나도 공부를 다시 시작하면서 장래희망에 대해 생각할 것이다.

그날 저녁 나는 윤정훈에게 전화를 걸었다. 크리스마스 파티에 대한 얘기를 꺼냈다.

―누나팅을 한다고? 거 기발한데, 좋은 아이디어야.

―그치? 선배도 와 줄 거지?

―좋다. 내가 요즘 뒤늦게 공부하느라 무지 바쁘다만 너희 남매를 위해 하루 희생하마.

―치, 유세 떨기는. 근데 선배는 커서 뭘 할 생각이야?

―뭘 하다니?

─장래 희망 말이야.

─나야, 너도 알다시피 예쁜 여자랑 결혼해서 잘 사는 거잖아.

─그딴 거 말고……. 무슨 학과를 지망할지는 결정했어?

─정했지. 난 사회복지학과에 갈 거야.

─사회복지학과?

─소외된 이웃을 도와주는 거지. 세상을 좀 더 평등하게 만드는 데 기여하는 거야.

─선배가 그런 꿈이 있었어?

─웬수 같은 친구 녀석이 내게 그런 꿈을 만들어 줬다.

─선배를 놀렸다는 친구 말이야? 더 이상 친구 아니라며?

─친구 아닌 게 어디 있냐. 한번 친구면 영원한 친구지. 그냥 지금은 조금 멀어진 것뿐이야. 그 녀석하고 내가 함께한 시간이 얼마인데, 내가 미쳤다고 그 녀석을 놓치겠냐?

나는 잠시 생각에 잠겼다. 이따금 윤정훈은 나를 놀라게 했다. 외모는 소년 같은데 생각하는 건 어른 같았다. 마음도 따뜻했다. 사회복지사는 윤정훈에게 적합한 직업일 것 같았다.

─문제가 하나 있어. 사회복지사는 돈을 잘 못 번다는데 이쁜 여자랑 결혼할 수 있을까?

윤정훈이 낄낄거리며 말했다.

─어떻게 하냐? 딜레마가 생겨서?

나는 비꼬듯이 말했다.

─까짓것 뭐 어렵지 않지. 답을 찾는 방법을 알고 있으니까.

─그게 뭔데?

—무엇이 나를 더 행복하게 만드는가, 그게 열쇠지.

—결국 예쁜 여자를 선택하겠단 얘기군.

—넌 내가 그렇게 말초적이고 즉흥적으로 보이냐? 이래 봬도 나는 멀리 보는 사람이라고.

—그래서?

—난 남을 도울 때 행복을 느낀다고.

—확실해?

—물론.

윤정훈이 확신에 찬 목소리로 말했다. 나는 대꾸할 말을 찾지 못했다.

행복?

전화를 끊고 난 후에도 한참 동안 그 단어가 머릿속을 맴돌았다. 이토록 흔하디흔한 단어가 왜 낯설게 느껴질까?

나는 어떤 때 내가 행복한지에 대한 정보를 하나도 가지고 있지 않았다. 그래서 윤정훈이 알려 준 열쇠로도 내 꿈을 발견하지 못했다. 윤정훈도 동생도 미래를 향해 꿈을 꾸는데 나에겐 꿈이 없었다.

언젠가 윤정훈이 했던 말이 생각났다. 키에 대한 강박관념을 버리고 나니 인생에 쌓여 있는 다른 문제들이 보이더라는. 이제 나도 엄마의 문제로부터 벗어나니까 내 자신의 문제가 보였다. 나도 풀어야 할 숙제가 많을 것 같은 느낌이 들었다.

나는 거울을 들여다보는 시간이 많아졌다. 거울을 보면서 꿈에 대해 생각한다. 거울에 비친 내 모습은 어딘가 어설퍼 보였다. 언젠가 윤정훈이 말한 대로 나는 헛똑똑이인지도 모르겠다. 혼자 잘난 척을 하고 다른 사람들을 무시했지만, 정작 나는 내 자신에 대해 아는 게 없었다. 나는 어쩔 줄 몰라 하는 내 자신에게 말했다.

자, 이제 한 걸음씩 내딛는 거야. 점점 더 자신에 대해 알아 가는 거야. 매일 조금씩 무엇이 나를 행복하게 하는지에 대해 생각하는 거야.

나는 다시 알람을 맞춰 놓았다. 매일 아침 여섯 시 반이 되면 이루마의 피아노 연주곡이 흘러나온다. 감미로운 선율에 맞추어 상쾌한 기분으로 눈을 뜬다. 머리를 감고 말리면서 국을 데운다. 국이 다 데워지면 아빠와 동생을 깨운다.

―야, 일어나. 빨리 안 일어나! 너 죽을래!

나는 피아노 선율에 맞춰 일어나지만, 동생에겐 내 협박이 알람이다. 동생을 깨우는 소리에 아빠는 자동으로 일어난다. 세 사람이 다 함께 식사를 한다. 제일 괴로워하는 사람은 아빠다. 동생은 아침에도 식욕이 좋다. 아빠는 밥 대신 잠을 원한다. 하지만 꾹 참고 꾸역꾸역 삼킨다. 아빠는 요즘 내가 제일 무서운가 보다. 알고 보면 우리 아빠 같은 겁쟁이도 없다.

나는 흐뭇한 얼굴로 두 남자를 바라본다. 가족이란 이런 것인가 보다.

꿈을 꾸었다. 꿈속에서 엄마를 만났다. 엄마가 내게 물었다.
―괜찮니?
나는 고개를 저었다.
―괜찮지 않아요. 나는 엄마가 보고 싶어요. 열두 살 때도 엄

마가 보고 싶었어요. 열여덟 살이 되어도 여전히 엄마가 보고 싶을 거예요.

　―엄마도 네가 보고 싶었단다. 그리고 네가 자랑스러웠어.

　엄마가 내 머리를 쓰다듬었다. 그러자 마음이 가벼워졌다. 몸도 가벼워졌다. 엄마와 나는 손을 잡고 하늘을 날아다녔다. 들판을 뛰어다녔다. 꿈속에서 나는 어린 소녀가 되어 있었다. 엄마가 나를 보고 함박 웃었다. 나는 행복했다.

　―엄마, 이젠 괜찮아요.

　나는 미소를 지으며 말했다. 그러자 엄마가 손을 흔들며 다시 멀어져 갔다. 나는 몹시 서운했지만, 엄마와 헤어져야 할 시간이라는 것을 알고 있었다.

　꿈에서 깨어 보니 눈가가 촉촉하게 젖어 있었다. 꿈속에서 엄마는 건강해 보였다. 엄마는 아픔도 고통도 없는 곳에 있는 것 같았다. 그래서 안심이 되었다. 동생이 일어나면 말해 줘야지.

　나는 다시 눈을 감았다. 알람이 울릴 때까지 좀 더 잘 생각이었다.

고통을 직면한 순간에 시작되는 성장

작년에 이사한 집 근처에 '커피소녀'라는 카페가 있다. 오며 가며 참 귀여운 이름이라 생각만 하다가 〈작가의 말〉을 쓰기 위해 드디어 방문했다. 내부는 생각보다 아주 작았다. 커피를 만들어 주는 앳된 소녀는 특별히 예쁘지는 않지만 아담하고 귀여웠다. '몽블랑 카푸치노'라는 낯선 이름의 커피를 시켰는데 소녀가 들고 온 쟁반에는 블루베리 생크림 케이크 한 조각과 주홍색과 흰색의 생화가 담긴 키 작은 유리잔이 함께 놓여 있었다. 미소가 저절로 흘러나왔다. 소녀에게 물어봤더니 꽃 이름까지는 모르겠다고 한다.

등단을 하고 오랫동안 아무 일도 일어나지 않았다. 그사이 누군가는 책을 출간하고 누군가는 상을 탔다. 그들의 성공이 나의 정체를, 혹은 나의 실패를 반증해 주는 것 같았다. 그 시간이 없었다면 나는 우스운 사람이 되었을 것이다. 나는 아무것도 모르면서 다른 사람의 아픔을 가볍게 속단했을 것이다. 뒤처졌던 시간이 나를 조금 신중한 사람으로 만들었다.

한 어린 소년에 대한 이야기를 듣고 충격을 받은 일이 있다. 단편적인 이야기였지만 그 충격이 마음속에 씨앗을 남겼다. 그렇게 해서 시작한 소설이 『우리는 가족일까』이다. 초고에는 소년의 이야기가 담겨 있었다. 하지만 개작의 과정에서 소년은 사라졌다. 그사이 그럴 수밖에 없는 이유가 생겼다. 나에게는 타당한. 끝까지 미련이 남았지만 내 결정을 믿기로 했다. 몇 년 후에 다른 소설에서 다시 만날 수 있을 지도 모르겠다. 결국 나는 다른 이야기를 했다. 어쩌면 더 하고 싶었던 말인지도 모른다.

부모로 인해 아이들이 고통을 받는 것은 참 마음 아픈 일이다. 동시에 흔한 일이기도 하다. 다행인 것은 고통이 꼭 나쁘지만은 않다는 것이다. 잘 견뎌 낸 고통은 그 경험이 아니면 얻을 수 없었을 성장을 가져온다. 여기 등장시킨 두 아이들의 경우처럼.

정훈은 자신의 성장판이 닫혔다는 것을 알게 되는 순간, 키에 대한 집착을 버린다. 정훈은 절망하기보다는 깨끗이 포기하기를 선택한다. 키에 대한 열망을 걷어 버리고 미래를 향해 주체적으로 나아간다.

혜윤이가 엄마에게 가지고 있었던 감정은 그리움과 원망이었다. 아이의 모든 일상은 엄마에게 보여 주기 위한 파일을 준비하는 것으로 채워졌다. 혜윤은 엄마에게 인정받고 싶었다. 그런데 엄마가 죽어 버렸다. 혜윤의 방황이 시작된다. 그러나 이는 방황이 아니라 오히려 거짓된 자아를 벗어 버리고 자신을 찾아 가는 여정이 된다. 혜윤은 처음으로 친구를 사귀고 동생을 포용하며 '관계 맺기'를 배워 간다. 사실 혜윤의 방황을 끝나게 한 것은 동생, 정확히는 동생의 방황이다.

『우리는 가족일까』는 극심한 고통을 직면한 순간에 시작되는 성장에 관한 이야기다.

목사님께 부탁드려 '유니게'라는 필명을 얻었다. 이 이름을 사용할 수 있는 기회가 자꾸자꾸 생겼으면 좋겠다. 앞으로도 나는 '마음'에 대한 소설을 쓰게 될 것 같다. 누군가의 마음이 내 마음속에 씨앗을 심어 주기를.

미흡한 첫 책을 읽어 주신 모든 분들에게 진심으로 감사한다.

2015년 봄

유 니 게

〈푸른도서관〉에서 만나는 새로운 작가의 풋풋한 첫 성장소설

유니게

1968년 서울에서 태어났으며, 카톨릭대학교와 연세대학교대학원에서 영문학을 전공했다. 2006년 '경인일보 신춘문예'에 단편소설 「아버지의 집」이 당선되어 작품 활동을 시작했다. 『우리는 가족일까』는 5년 만에 미국에서 엄마의 부고와 함께 한국으로 돌아온 동생으로 인해 방황하는 열일곱 살의 소녀가 가족의 의미를 깨달아 가는 과정을 그려 낸 작가의 첫 청소년소설이다.

푸른도서관

푸른도서관은 '10대에서 20대까지' 눈부신 성장을 거듭하는
'푸른 세대'를 위한 본격 문학 시리즈입니다.
이금이 작가의 대표작인 『유진과 유진』을 비롯하여
푸른문학상 수상작 『똥통에 살으리랏다』, 『스키니진 길들이기』 등
당대 청소년들의 현실을 생생하게 반영한 성장소설과
『화랑 바도루』, 『에네껜 아이들』 등 다양한 시대상을 반영한 역사소설,
청소년시집 『악어에게 물린 날』, 『그래도 괜찮아』
그리고 흥미진진한 판타지에 이르기까지
국내 작가들이 공들여 창작한 감동적인 작품들을
푸른도서관에서 더 만나 보세요!

1. 뢰제의 나라 강숙인 지음

교통사고로 가사 상태에 빠진 열두 살 소년이 저승사자의 손에 이끌려 저승인 '뢰제의 나라'
를 여행하면서 벌어지는 모험담을 담은 판타지소설.
★ 윤석중문학상 수상작　★ 동화읽는가족 추천도서

2. 아버지가 없는 나라로 가고 싶다 이규희 지음

아픈 결핍의 가족사를 벗어던지고 마침내 더 너른 세상을 향해 나아가는 소녀를 통해 성장의
의미를 곰곰이 곱씹게 해 주는 가슴 뭉클한 성장소설.
★ 세종아동문학상 수상작가

3. 까망머리 주디 손연자 지음

좋아하는 남학생에게 외모에 대한 조롱 섞인 말을 듣고, 입양아인 자신이 미국 사회의 이방
인이라는 사실을 깨닫는 사춘기 소녀 주디가 정체성을 찾아가는 이야기.
★ 책따세 추천도서　★ 학교도서관사서협의회 추천도서　★ 부산광역시교육청 독서인증제 권장도서

4. 이뻐 언니 강정님 지음

일제 강점기 말과 해방 공간을 시간적 배경으로 밤나무정 마을에 사는 '복이'라는 여자아이
의 삶의 비밀을 하나하나 알아가는 과정을 그린 아름다운 연작소설집.
★ 서울시교육청 교과별 권장도서　★ 한우리독서토론논술 필독도서　★ 한국아동문예상 수상작

5. 너도 하늘말나리야 이금이 지음

미르와 소희, 바우는 각자의 상처를 속으로 감추고 괴로워하다 서로를 알아본다. 서로의 상
처를 보듬어 주는 순간, 상처에는 새살이 돋고 아이들은 비로소 성장하게 된다.
★ 중학교 〈국어〉 교과서 수록　★ 책따세 추천도서　★〈중앙일보〉 좋은책 100선 선정도서

6. 내 이름엔 별이 있다 박윤규 지음

1970년대라는 한국 사회의 정치적·사회적 격동기를 배경으로 성장해 나가는 사춘기 소년의
삶을 통해 2000년대의 우리가 잊고 지냈던 '꿈'과 '희망'을 다시 한 번 환기시켜 준다.
★ 서울시립어린이도서관 추천도서

7. 토끼의 눈 강정규 지음

한국 전쟁을 배경으로 한 세 편의 이야기를 엮은 소설집. 작품 속에 총소리나 죽음은 등장하
지 않지만, 천진한 아이들의 눈으로 바라본 전쟁이 숨이 막힐 듯 가깝게 다가온다.
★ 세종아동문학상 수상작　★ 아침독서 청소년 추천도서

8. 화랑 바도루 강숙인 지음

부모님을 일찍 여읜 바도루가 김충현 장군 밑에서 생활하며 그의 자제인 경천과 함께 피나는
노력과 뜨거운 우정을 나누며 꿈에 그리던 화랑이 되는 이야기를 그린 본격 역사소설.
★ 동화읽는가족 추천도서

9. 유진과 유진 이금이 지음

어린 시절 함께 성추행을 당한 동명이인 '유진과 유진'의 각각 다른 성장 과정을 통해 청소년
의 심리를 아주 세밀하게 보여 주는 이금이 작가의 청소년소설.
★ 책따세 추천도서　★ 어린이도서연구회 청소년 권장도서　★ 학교도서관저널 선정 성장소설 50선

10. 마사코의 질문 손연자 지음

일본인 소녀의 입으로 일본인의 죄를 묻는 이야기. 일제 강점기에 우리 민족이 겪은 온갖 수난을 생생하고 절실하게 그려 낸 9편의 작품이 실려 있다.

★ 세종아동문학상 수상작   ★ SBS 어린이미디어대상 수상작   ★ 한우리독서토론논술 필독도서

11. 아, 호동 왕자 강숙인 지음

비극적 사랑의 대명사 호동 왕자와 낙랑 공주. 그들이 정말 사랑하는 사이였는가에 대한 의문으로 시작된 역사소설. 우리가 알고 있던 이야기를 뒤집어 전혀 새로운 시각을 제시한다.

★ 한우리독서토론논술 필독도서   ★ 서울독서교육연구회 추천도서   ★ 책읽는교육사회실천협의회 추천도서

12. 길 위의 책 강미 지음

'책'을 통해 자연스럽게 자신의 고민과 방황을 해결하고 상처를 치유해 나가는 여고생들의 이야기를 잔잔하게 그렸다. 청소년들을 위한 성장소설들이 '책 속의 책'으로 가득 담겨 있다.

★ 제3회 푸른문학상 수상작   ★ 책따세 추천도서   ★ 문화체육관광부 우수교양도서

13. 느티는 아프다 이용포 지음

'지금 여기'의 '가장 낮은 곳'을 이야기하는 성장소설. 독자들에게 이웃을 바라보는 시선을 바꾸고 존재의 소중함을 돌아볼 수 있는 시간을 마련해 준다.

★ 한국문화예술위원회 우수문학도서   ★ 평화박물관 선정 청소년 평화책

14. 발끝으로 서다 임정진 지음

베스트셀러 『행복은 성적순이 아니잖아요』의 임정진 작가가 펴낸 청소년소설. 낯선 땅으로 홀로 유학을 떠난 주인공을 통해 조기 유학생활의 어려움과 외로움을 절실하게 그렸다.

★ 책따세 추천도서

15. 마지막 왕자 강숙인 지음

역사의 그늘에 가려져 있던 인물이자 신라의 마지막 왕인 경순왕의 아들 마의태자를 주인공으로 한 역사소설로, 그의 새로운 영웅적 면모를 보여 준다.

★ 〈중앙일보〉 좋은책 100선 선정도서   ★ 어린이도서연구회 청소년 권장도서

16. 초원의 별 강숙인 지음

마의태자를 주인공으로 한 『마지막 왕자』의 후속작. 사라져 버린 나라를 그리워하던 주인공 새부가 광활한 만주 대륙에서 아버지의 꿈을 이루는 과정을 흥미진진하게 그리고 있다.

★ 동화읽는가족 추천도서

17. 주머니 속의 고래 이금이 지음

가슴속에 품고 있는 꿈을 찾기 위해 노력하는 열다섯 살 아이들에 대한 이야기이다. 저마다 꿈을 좇는 과정에서 실패와 좌절을 겪지만 다시 씩씩하게 일어나는 모습을 보여 준다.

★ 중학교 〈국어〉 교과서 수록   ★ 아침독서 청소년 추천도서   ★ 대한출판문화협회 올해의 청소년도서

18. 쥐를 잡자 임태희 지음

원치 않는 임신을 한 여고생의 이야기로 성에 대해 여전히 취약한 우리 청소년의 현실을 돌아보고 위험성을 인식하게 만든다. 동시에 대책 마련이 시급하다는 사실을 새삼 일깨운다.

★ 제4회 푸른문학상 수상작   ★ 아침독서 청소년 추천도서   ★ 어린이도서연구회 청소년 권장도서

19. 바람의 아이 한석청 지음

우리나라 아동청소년문학 최초로 발해를 소재로 한 장편역사소설. 고구려 멸망 뒤 옛 고구려 지역에 살던 이들의 비참한 삶과 나라를 되찾고자 하는 투쟁을 생생하게 그려 냈다.

★ 한우리독서토론논술 필독도서 ★ 책읽는교육사회실천협의회 추천도서

20. 베스트 프렌드 이경혜 외 지음

사춘기를 지나 성숙한 남녀로 성장하는 과정에 놓인 청소년들의 심리 변화를 섬세하게 그린 표제작을 비롯해 현실적인 청소년들의 한계와 모순을 그린 5편의 단편소설을 엮었다.

★ 어린이도서연구회 청소년 권장도서

21. 리남행 비행기 김현화 지음

봉수네 가족이 북한을 탈출해 리남행 비행기에 오르기까지의 여정이 긴장감 있게 그려져 있다. 온갖 역경 속에서도 인간애와 가족애를 잃지 않는 모습이 진한 감동을 선사한다.

★ 제5회 푸른문학상 수상작 ★ 책따세 추천도서 ★ 한국문화예술위원회 우수문학도서

22. 겨울, 블로그 강미 지음

자신만의 길을 찾아가는 청소년들이 종횡무진 활동하는 네 편의 작품을 담았다. 청소년들의 일상을 정확하고 섬세하게 묘사하여 그들이 나아갈 수 있는 길을 오롯이 보여 준다.

★ 문화체육관광부 우수교양도서 ★ 아침독서 청소년 추천도서 ★ 한국출판인회의 선정 이달의 책

23. 네가 하늘이다 이윤희 지음

1894년 동학 농민 운동을 배경으로 새로운 세상을 꿈꾸었지만 결국 이름조차 남기지 못하고 스러져 간 농민군의 이야기를 감동적으로 그려 낸 대하역사소설.

★ 아침독서 청소년 추천도서 ★ 한국어린이문화대상 수상작

24. 벼랑 이금이 지음

원조 교제, 첫 키스, 협박, 폭력……. 거친 현실의 이면에 감춰진 청소년들의 내면을 섬세하게 다루고 있는 이금이 작가의 연작청소년소설.

★ 한국문화예술위원회 우수문학도서 ★ 아침독서 청소년 추천도서 ★ 네이버 북리펀드 선정도서

25. 뚜깐뎐 이용포 지음

서기 2044년, 한국에서 영어 공용화 법안이 통과된 뒤 영어가 일상어로 자리를 잡은 때와 한글이 박해를 받던 연산군 시절을 오가며 현대인들에게 진지한 성찰의 기회를 제공한다.

★ 아침독서 청소년 추천도서 ★ 대한출판문화협회 올해의 청소년도서 ★ 〈중앙일보〉 선정 이달의 책

26. 천년별곡 박유규 지음

천 년의 시간을 애증과 그리움으로 버틴 주목나무의 이야기를 절제된 감성으로 그린 작품. 시 형식을 차용한 소설인 '시소설'이란 신선한 장르에 애절한 정서를 잘 녹여 냈다.

★ 한우리가 선정한 좋은 책

27. 지귀, 선덕 여왕을 꿈꾸다 강숙인 지음

지귀 설화 속에 숨어 있는 선덕 여왕 이야기를 담은 역사소설. 지귀와 선덕 여왕, 김춘추와 김유신 등 시대의 격랑에 휘말린 이들의 삶과 사랑이 독자들의 가슴속에 파고든다.

★ 책따세 추천도서 ★ 네이버 북리펀드 선정도서 ★ 아침독서 청소년 추천도서

28. 청아 청아 예쁜 청아 강숙인 지음

〈심청전〉을 현대적으로 재해석한 소설. 새로운 시각의 심청과 서해 용왕 그리고 그의 아들을 등장시켜 '보이지 않는 사랑 이야기'를 통해 참다운 사랑의 의미를 되새기게 한다.

★ 한국출판인회의 선정 이달의 책 　★ 중앙독서교육 선정도서

29. 살리에르, 웃다 문부일 외 지음

'엄친아'와의 비교에 시달리며 자신을 '살리에르'라 믿는 청소년들에게 건네는 '꿈'에 관한 다섯 가지 이야기. 꿈을 향한 청소년들의 힘차고도 아름다운 몸부림이 담겼다.

★ 제6회 푸른문학상 수상작 　★ 아침독서 청소년 추천도서 　★ 학교도서관사서협의회 추천도서

30. 사라지지 않는 노래 배봉기 지음

세계적 미스터리의 하나인 이스터 섬 모아이 석상의 비밀을 소재로 인간의 파괴적 욕망과 그것을 극복했을 때 찾을 수 있는 평화를 보여 준다.

★ 문화체육관광부 우수교양도서 　★ 네이버 북리펀드 선정도서 　★ 국립어린이청소년도서관 추천도서

31. 김홍도, 조선을 그리다 박지숙 지음

김홍도의 그림을 통해 그의 삶을 다룬 연작으로. 작가 특유의 상상력과 깊이 있는 통찰력으로 '인간 김홍도'의 삶을 생생하게 되살려낸 본격 역사소설이다.

★ 문화체육관광부 우수교양도서 　★ 〈소년조선일보〉 추천도서 　★ 아침독서 청소년 추천도서

32. 새가 날아든다 강정규 지음

한국 전쟁을 직접 경험한 세대가 전쟁과 분단과 이산이라는 문제를 다른 시각에서 조명한 작품. 역사의 굴곡을 넘어 당대의 사람들이 더불어 살아가는 이야기를 일곱 편의 소설에 담았다.

★ 아침독서 청소년 추천도서

33. 에네껜 아이들 문영숙 지음

구한말 멕시코의 낯선 농장으로 이주한 조선 사람들이 노예처럼 일하며 온갖 고난과 수모를 당하지만 불굴의 의지로 희망의 새로운 터전을 마련한 내용을 담은 역사소설.

★ 책따세 추천도서 　★ 대한출판문화협회 올해의 청소년도서 　★ 아침독서 청소년 추천도서

34. 밤나무정의 기판이 강정님 지음

1950년대를 배경으로 소년 기판이의 각별하고도 애틋한 성장과 모험과 죽음을 다룬 이야기. 작가 특유의 입담과 사투리에 실린 당시의 일상과 풍속이 눈앞에 생생하게 되살아난다.

★ 한국문화예술위원회 우수문학도서 　★ 대한출판문화협회 올해의 청소년도서 　★ 아침독서 청소년 추천도서

35. 스쿠터 걸 이은 지음

질풍노도의 시기인 청소년기의 한복판에 서 있는 열다섯 살 중학생들을 본격적으로 등장시킴으로써 중학생들의 삶을 밀도 있게 그려 낸 청소년소설집.

★ 한국간행물윤리위원회 우수청소년저작 당선작 　★ 학교도서관저널 추천도서

36. 우리 반 인터넷 소설가 이금이 지음

거짓이 휘두르는 보이지 않는 폭력에 '진실'이 어떻게 왜곡되고 유배되는지를 청소년들의 생생한 세태 묘사와 치밀한 구성을 바탕으로 보여 준다.

★ 네이버 북리펀드 선정도서 　★ 학교도서관저널 추천도서 　★ 국립어린이청소년도서관 추천도서

37. 열네 살, 비밀과 거짓말 김진영 지음

습관적인 도둑질에 빠져들면서 비밀과 거짓말이 늘어나게 된 평범한 열네 살 소녀 하리가 다시 삶의 진실을 찾아가는 성장소설.

★ 한국간행물윤리위원회 청소년 권장도서   ★ 문화체육관광부 우수교양도서

38. 허황옥, 가야를 품다 김 정 지음

먼 바다를 건너 가야로 온 인도 아유타국 공주 허황옥의 삶을 조명하면서, 철을 바탕으로 국제 무역의 중심지로 자리했던 가야의 역사를 생생히 전하는 역사소설이다.

★ 학교도서관저널 추천도서   ★ 대한출판문화협회 올해의 청소년도서

39. 외톨이 김인해 외 지음

요즘 청소년들의 왜곡된 삶과 고민을 가감 없이 보여 주며, 그들의 정서적 긴장감과 내면적 따뜻함을 동시에 그리고 있는 세 편의 단편소설이 실려 있다.

★ 제8회 푸른문학상 수상작   ★ 국립어린이청소년도서관 사서 추천도서   ★ 아침독서 청소년 추천도서

40. 그래도 괜찮아 안오일 지음

현실의 부정과 좌절에 길항하는 청소년들의 고민을 진정성 있게 담아낸 청소년시집. 청소년들이 지닌 '생기'를 유감없이 보여 주며 긍정과 희망의 메시지를 전한다.

★ 한국간행물윤리위원회 우수청소년저작 당선작   ★ 한국문화예술위원회 우수문학도서

41. 소희의 방 이금이 지음

이금이 작가의 대표작 『너도 하늘말나리야』의 후속작. 달밭마을을 떠나 재혼한 친엄마와 재회해 새 가족의 일원이 된 열다섯 소희의 욕망과 아픔을 다룬 성장소설이다.

★ 한국문화예술위원회 우수문학도서   ★ 한겨레·예스24 선정 청소년책 30선

42. 조생의 사랑 김현화 지음

조선시대를 배경으로 청년 '조생'이 청나라에 파견되는 연행사로 길을 떠나 사랑과 우정, 정의, 신념 등 삶의 진리를 깨달아가는 과정을 그린 청소년 역사소설.

★ 서울시교육청 남산도서관 사서 추천도서   ★ 〈아침햇살〉 선정 좋은 청소년책

43. 아버지, 나의 아버지 최유정 지음

위탁가정에 맡겨진 열여섯 살 연수가 자신의 친아버지를 찾아 떠나는 여정을 통해 진정한 자아 정체성을 확립해 가는 과정을 밀도 있게 그렸다.

★ 한국문화예술위원회 우수문학도서   ★ 〈아침햇살〉 선정 좋은 청소년책

44. 타임 가디언 백은영 지음

타임 슬립이라는 장치를 통해 개인과 사회에서 일어나는 현실의 문제들을 조명하는 본격 청소년 SF소설. 시공간을 뛰어넘는 구성과 예측할 수 없는 독특한 상상력을 맛볼 수 있다.

★ 〈아침햇살〉 선정 좋은 청소년책

45. 분청, 꿈을 빚다 신현수 지음

고려 최고의 사기장의 아들인 강뫼가 왜구 침입과 왕조의 변혁 등 극한 시대 상황 속에서 분청사기를 만들기까지의 과정을 흡인력 있게 그린 역사소설.

★ 대한출판문화협회 올해의 청소년도서   ★ 아침독서 청소년 추천도서

46. 방울새는 울지 않는다 박윤규 지음

5·18이라는 역사적 사건을 배경으로 그려지는 명창 소녀 '방울'과 고수 '민혁'의 안타까운 사랑 이야기. 슬픈 현대사를 정면으로 바라보고 올바르게 판단할 수 있는 용기를 준다.

★ 학교도서관저널 추천도서　★ 한국문화예술위원회 우수문학도서

47. 악어에게 물린 날 이장근 지음

현직 중학교 교사인 시인이 청소년과 함께 호흡하면서 체험한 담백하고 직설적인 언어가 공감을 불러온다. 청소년들 질풍노도가 마음껏 활개 칠 수 있도록 기운을 북돋는 청소년시집.

★ 책따세 추천도서　★ 대한출판문화협회 올해의 청소년도서　★ 어린이도서연구회 청소년 권장도서

48. 찢어, Jean 문부일 지음

아르바이트, 집단 따돌림 등 청소년들이 공감할 수 있는 일곱 편의 이야기가 담겼다. 현실에 갇혀 사는 청소년들의 일탈을 유쾌하면서도 진정성 있게 담았다.

★ 아침독서 청소년 추천도서　★ 한국문화예술위원회 우수문학도서

49. 불량한 주스 가게 유하순 외 지음

실수와 시행착오를 반복하다가 돌연 성장의 분기점을 지나는 청소년들의 '오늘'을 포착했다. 좌절과 반성의 언어조차 싱그러운 청소년들을 응원하게 만드는 네 편의 단편소설 모음.

★ 제9회 푸른문학상 수상작　★ 아침독서 청소년 추천도서　★ 네이버 북리펀드 선정도서

50. 신기루 이금이 지음

엄마와 엄마 친구들과 함께 몽골 사막 여행을 떠난 열다섯 다인이가 보낸 6일간의 여정을 통해 또 다른 생명의 고리로 순환되는 모녀 관계에 대한 고찰을 여행기 형식으로 그렸다.

★ 네이버 북리펀드 선정도서　★ 서울시립어린이도서관 추천도서　★ 아침독서 청소년 추천도서

51. 우리들의 매미 같은 여름 한결 지음

섭식장애를 앓고 있는 모녀, 성추행, 보이콧 등 청소년들이 겪는 지독하게 뜨겁고 아픈 이야기가 담겨 있다. 청소년들이 자신 그리고 세상과 화해하는 여정을 솔직담백하게 그렸다.

★ 한국문화예술위원회 우수문학도서　★ 네이버 북리펀드 선정도서

52. 모래시계가 된 위안부 할머니 이규희 지음

일본군 위안부로 끌려가 꽃다운 처녀 시절을 유린당한 황금주 할머니의 실제 이야기를 김은비라는 소녀의 이야기와 엮어 액자 형식으로 쓴 소설로, 일본어로도 번역 출간되었다.

★ 국제펜문학상 수상작　★ 학교도서관저널 추천도서　★ 경기도교육청 추천도서

53. 까레이스키, 끝없는 방랑 문영숙 지음

소련의 강제 이주 정책으로 시베리아 횡단 열차를 탔던 17만여 명의 까레이스키들의 고난과 역경, 도전과 설움을 절절하게 그린 역사소설이다.

★ 한국문화예술위원회 우수문학도서　★ 아침독서 청소년 추천도서　★ 한우리가 선정한 좋은 책

54. 나는 랄라랜드로 간다 김영리 지음

기면증을 앓는 소년과 그의 가족이 게스트하우스를 사수하기 위해 펼치는 소동을 재기 발랄하게 그렸다. 절망 속에서도 웃으며 싸울 줄 아는 청춘의 싱그러운 맨얼굴이 돋보인다.

★ 제10회 푸른문학상 수상작　★ 아침독서 청소년 추천도서　★ 한국문화예술위원회 우수문학도서

55. 열다섯, 비밀의 방 장미 외 지음

영혼의 도플갱어를 찾아 헤매는 외로운 청소년의 자화상이 네 편의 단편소설 속에 어우러져 있다. 청소년들의 내면의 목소리들이 조화롭게 어우러져 다양한 빛깔의 공명음을 들려준다.

★제10회 푸른문학상 수상작 ★학교도서관사서협의회 추천도서

56. 눈썹 천주하 지음

암에 걸려 1년 4개월 동안 치료를 받던 열일곱 살 소녀가 일상으로 돌아온 뒤의 이야기를 담고 있다. 가족과 친구, 일상이 얼마나 가치 있는 것인지를 새삼 깨우쳐 준다.

★국립어린이청소년도서관 사서 추천도서 ★한국문화예술위원회 우수문학도서 ★아침독서 추천도서

57. 나는 지금 꽃이다 이장근 지음

청소년들의 삶을 제대로 들여다보고 마음을 헤아리는 시 창작 과정을 통해 나온 본격적인 청소년을 위한 시로, 삶이 점점 피폐해지고 있는 청소년들의 마음을 어루만져 준다.

★문화체육관광부 우수교양도서 ★어린이도서연구회 청소년 권장도서 ★학교도서관저널 추천도서

58. 우리들의 사춘기 김인해 지음

겉으로 잘 드러나지 않는 소년들의 감성을 날카롭게 포착하여 진솔하고 강렬하게 그려낸 '소년들을 위한' 소설집. 표제작을 비롯한 여섯 편의 단편청소년소설을 담고 있다.

★국립어린이청소년도서관 사서 추천도서 ★한국문화예술위원회 우수문학도서

59. 여우 소녀 미랑 김자환 지음

조선시대 임진왜란 발발 즈음의 여수 지방을 배경으로, 구미호에게 아버지를 잃은 묘남과 구미호의 딸 여우 소녀 미랑의 애틋한 사랑 이야기를 담고 있다.

★새벗문학상 수상작가

60. 얼음이 빛나는 순간 이금이 지음

아이와 어른의 경계에서 몸살을 앓던 두 소년이 5년 뒤 전혀 다른 풍경을 띠게 된 각자의 삶을 응시한다. 우연으로 시작해 선택으로 이루어지는 인생의 내밀한 진실을 담았다.

★윤석중문학상 수상작가 ★학교도서관저널 추천도서

61. 택배 왔습니다 심은경 지음

질풍노도를 겪는 청소년과 그의 가족, 친구, 사회의 풍경을 그린 여섯 편의 단편청소년소설. 건강하게 자립하고 따뜻하게 소통할 줄 아는 인물들의 모습에서 희망을 엿볼 수 있다.

★한국문화예술위원회 우수문학도서 ★학교도서관저널 추천도서 ★아침독서 청소년 추천도서

62. 똥통에 살으리랏다 최영희 외 지음

팍팍한 사회 현실 속 청소년들의 고민을 각기 다른 개성으로 그린 네 편의 단편청소년소설을 묶었다. 부조리한 사회와 욕망을 관찰하고 풍자하는 이야기가 공감을 불러일으킨다.

★제11회 푸른문학상 수상작 ★아침독서 청소년 추천도서 ★국립어린이청소년도서관 사서 추천도서

63. 나에게 속삭여 봐 강숙인 지음

어느 날 갑자기 죽음을 맞이한 열일곱 살 소년 서준과 혼령의 기를 느끼는 소녀 아리 그리고 서준의 쌍둥이 여동생 유주가 각자의 방법으로 성장해 나가는 청소년 판타지소설.

★윤석중문학상 수상작가 ★학교도서관저널 추천도서

64. 아버지의 알통 박형권 지음

촌스러운 아빠와 바닷가 마을에 살게 되면서 정직하게 일하는 사람들을 만나며 한층 성장해 가는 주인공의 이야기가 유쾌한 감동을 선사한다.
★한국안데르센상 수상작가

65. 나는 나다 안오일 지음

청소년들에게 자신의 꿈이 무엇인지 알게 해 주어 스스로 자신의 삶에 당당하게 맞서는 모습을 보고 싶다는 작가의 바람을 담은 청소년시 57편이 실려 있다.
★제8회 푸른문학상 수상작가

66. 순희네 집 유순희 지음

순희네 집에 얽힌 가슴 아프지만 따뜻한 이야기와 성장통을 겪는 순희의 모습을 작가 특유의 섬세한 문장 안에 담아낸 자전적 소설이다.
★제14회 MBC 창작동화대상 수상작 ★제8회 푸른문학상 수상작가 ★한국출판문화산업진흥원 선정 세종도서

67. 첫 키스는 엘프와 최영희 지음

제11회 푸른문학상 수상작가의 첫 청소년소설집으로, 미래에 대한 압박감에 갇혀 십 대 시절을 보내는 오늘의 청소년들에게 부치는 편지 같은 소설 여섯 편을 묶었다.
★제11회 푸른문학상 수상작가 ★아침독서 청소년 추천도서 ★어린이도서연구회 청소년 권장도서

68. 숨은 길 찾기 이금이 지음

이금이 작가의 대표작 『너도 하늘말나리야』의 두 번째 후속작으로 소희의 욕망과 아픔을 다룬 『소희의 방』에 이어 달밭마을에 남은 미르와 바우의 사랑과 꿈을 섬세하게 그려 낸 성장소설이다.
★소천아동문학상 수상작가 ★한국출판문화산업진흥원 선정 세종도서

69. 스키니진 길들이기 김정미 외 지음

아직 미완성인 '나'의 정체성을 찾기 위해 고군분투하는 청소년들의 모습을 그린 네 편의 단편청소년소설이 실려 있다. 청소년이라면 누구나 고민해 봤을 만한 이야기가 공감을 불러일으킨다.
★제12회 푸른문학상 수상작 ★한국출판문화산업진흥원 선정 이달의 책 ★아침독서 청소년 추천도서

70. 나는 블랙컨슈머였어! 윤영선 외 지음

우리 사회를 바라보는 날카로운 시선과 따뜻한 유머가 다채롭게 어우러진 네 편의 청소년소설을 엮었다. 삭막한 현실 속에서도 당당히 자신의 길을 가는 청소년들의 이야기가 매력적이다.
★제12회 푸른문학상 수상작

71. 우리는 가족일까 유니게 지음

5년 만에 엄마의 부고와 함께 미국에서 돌아온 동생으로 인해 방황하는 열일곱 살 소녀의 성장기를 그렸다. 고통스러운 시간을 함께 이겨 내는 가족의 소중함을 다시금 일깨워 준다.
★한국출판문화산업진흥원 선정 세종도서 ★서울시교육청 어린이도서관 청소년 권장도서

72. 사과를 주세요 진 희 외 지음

꿈과 현실 사이에서 당차게 자신의 길을 찾아 나선 청소년들의 삶을 이야기하는 네 편의 청소년소설이 실려 있다. 찬란하게 빛나는 청소년들의 굳건한 의지와 신념이 유쾌하고 따뜻한 시선으로 그려진다.
★제13회 푸른문학상 수상작 ★한국출판문화산업진흥원 선정 세종도서

73. 신라 공주 파라랑 김정 지음

고대 페르시아 서사시 「쿠쉬나메」의 시공간을 배경으로 한 역사소설. 낯선 이국 땅 페르시아로 건너가 사랑으로 고난을 극복하는 신라 공주 파라랑의 삶은 희망이라는 인간 본연의 메시지를 전한다.
★제1회 푸른문학상 수상작가 ★학교도서관저널 추천도서

74. 옥상에서 10분만 조규미 지음

제10회 푸른문학상 수상작가의 첫 청소년소설집으로, 관계 속에서 사소한 말이나 장난이 큰 사건이 되어 돌아왔을 때 겪게 되는 고민과 갈등을 섬세하게 다룬 소설 다섯 편을 묶었다.
★제10회 푸른문학상 수상작가 ★아침독서 청소년 추천도서

75. 별에서 별까지 신형건 지음

지난 30여 년간 아이들과 어른들 모두에게 사랑받는 동시를 써 온 시인의 작품 중 특별히 청소년들에게 공감을 살 만한 시들을 골라 엮었다. 자극적이지 않은 언어로 마음을 어루만지는 청소년시집.
★대한민국문학상 수상작가 ★한국출판문화산업진흥원 청소년 권장도서

76. 뱅뱅 김선경 지음

어른들은 몰라서 더 재미있는 진짜 우리 이야기, 지금 청소년들의 속마음을 거침없이 그려 낸 개성 강한 청소년시집. 긴 방황의 끝에서 진정한 자신을 찾기를 바라는 시인의 바람이 담겼다.
★제11회 푸른문학상 수상작가 ★아침독서 청소년 추천도서

77. 우리들의 실연 상담실 이수종 지음

실연 극복 프로젝트에 참가하는 다섯 명의 아이들이 서로를 보듬으며 사랑의 아픔을 극복하는 과정을 담았다. 청소년들의 마음결을 다독이는 위로의 목소리는 다시 사랑할 에너지를 불어넣는다.
★제12회 푸른문학상 수상작가

78. 연애 세포 핵분열 중 김은재 지음

꽃보다 아름다운 열일곱 살 청춘들이 진정한 사랑을 찾기 위해 나섰다. 아름다운 사랑을 꿈꾸지만, 사랑에 서툴러 좌충우돌, 고군분투하는 청소년들의 성장을 그린 여섯 편의 청소년소설을 한데 엮었다.
★제13회 푸른문학상 수상작가 ★학교도서관저널 추천도서

*〈푸른도서관〉 시리즈는 계속 나옵니다!